冷遇された第七皇子はいずれぎゃふんと言わせたい！

vol.2

REIGU SARETA DAINANA OUJI HA IZURE GYAFUN TO IWASE TAI!

赤ちゃんの頃から努力していたらいつの間にか世界最強の魔法使いになっていました

著 taki210

主な登場人物
ニーナ
ルクスが通う帝国魔法学校の同級生。戦闘は苦手だが、魔法の知識が豊富。
ルクス
生まれを理由に『無能皇子』と呼ばれている本作主人公。規格外の魔力を手に入れて頭角を現し始めたのをきっかけに義兄たちの皇位継承争いに巻き込まれていく。

キース
狡猾な性格の第四皇子。
義兄の太鼓持ちをしている
が、その裏で他の皇子を蹴落
とそうと機を窺っている。
デーブ
ルクスを帝国魔法学校から追
い出そうと画策する第六皇子。
ヴォルグ
厳格な性格の第三皇子。
弱肉強食を信条としている。

第一話　運命のクラス分け

俺――ルクスは、カイザーという男に平民の少女が罵倒《ばとう》されている場面に遭遇し、その横暴な振る舞いを止めようとした結果、喧嘩《けんか》を吹っ掛けられていた。

「ラーズ商会のカイザーと第七皇子のルクス様が今からここで戦うらしいぞ……」

「おいおい、マジかよ……!?」

俺とカイザーのやり取りをそれまで見ていた生徒たちが、ひそひそと話す声が聞こえる。

中には危険を察知して立ち去る者もいたが、大半がこの戦いに興味があるのか、距離は取りつつも遠巻きに俺たちを観察していた。

「やめてくださいっ、私のために、こんなっ」

先程までカイザーに罵倒されていた平民の少女が、互いに睨み合う俺とカイザーの戦いを止めようとして割って入ってきた。

俺はそんな彼女に背後に隠れているよう促す。

「俺のことは心配しなくていい。下がっててくれ」

「で、でも……」

「今のあいつは完全にやる気だ。ああなったら多分口で言っても止まらないと思う。ここは俺に任せてほしい」

「わ、わかりました」

俺がそう言うと、逡巡《しゅんじゅん》していた少女は頭を下げて俺の背後に隠れた。

「はっ。第七皇子様よ。帝国民の前でいい皇子を演じようって正義の味方気取りか？　それもいいけどよ……やっぱ皇族ってのは実力が伴ってなきゃダメだよな？」

俺の行動を見て、カイザーが鼻で笑う。

「……そうかもな」

「だったらよぉ……その実力を今ここで証明してくれよ。ルクス様？　見物してる連中もそれを期待してるぜ？」

カイザーが周りの生徒を顎《あご》でしゃくってそんなことを言った。

俺はひたすらカイザーをまっすぐに見据えながら言った。

「言いたいことはそれだけか？　俺はいつでも構わないからさっさとかかってきてくれ」

「……っ」

カイザーの額《ひたい》に青筋が浮かんだ。

今の俺の言葉で完全に火がついたらしい。

「舐めやがって、出来損ないの皇子が……実力の差を思い知らせてやるよ」

魔力の気配が、カイザーの体を覆う。

俺は自分からは仕掛けずに、カイザーの出方を窺《うかが》うことにした。

「魔弾・二重奏！」

「「「ぉおおお!!」」」

カイザーが魔法を発動すると、周りの生徒からどよめきの声が上がった。

カイザーの頭上には、二つの魔弾が浮かび上がっている。

「ははははは。見たか、無能皇子！　これが俺の魔法だ。魔法を二つ同時に発動する必殺技――二重奏！　どうだすごいだろう!?」

「……」

勝ち誇ったように言うカイザーを俺は黙って見据える。

俺からすればなんてことない魔法だが、その感想は口には出さないでおいた。

わざわざ煽《あお》ってこれ以上カイザーを怒らせる意味もない。

それに、カイザーを見る新入生たちは驚愕しているし、この時点で二重奏が使えるのは、学園ではある程度筋がいい方なのだろう。

「お前みたいな無能皇子じゃ一生到達できない領域だ！　これを今からお前に撃ったらどうなると思う!?」

「……」

「おい、聞いてんのか？　これを食らったらお前だってただじゃ済まない。俺に盾突いたことを謝罪して、地面に額を擦り付けて土下座すれば今だったら許してやるぞ？　まぁ、一国の皇子がはたしてこの大人数の前で頭を下げられるかは疑問だがなぁ。プライドと命、どちらを優先するか選びな」

カイザーがそう言って下卑た笑みを浮かべながら挑発した。

すっかり勝った気でいるらしい。

「土下座はしない。その必要はないからな」

「あ？　どういう意味だ？」

「その程度の魔法、簡単に防げるってことだ。撃ってこい」

「……」

俺が短く答えると、カイザーの目がすぅっと据わったのがわかった。

「じゃあ、お望み通り砕け散れ」

次の瞬間、冷たい一言とともにカイザーが二つの魔弾を放ってきた。

「魔壁《まへき》・三重奏」

過剰な防御だと思いつつ、万が一に備えて俺は自分の前方に魔壁を三重に展開する。

パァン!!

「なっ!?」

乾いた音が鳴って、カイザーの魔法が弾き返され、霧散した。

予想通り、彼の攻撃は俺の魔壁を一枚も突破することができなかった。

単体の魔法での質が違うのだ。

「なっ!?」

一瞬遅れて、カイザーの目が見開かれる。

「ま、魔壁の三重奏だと!?」

見間違いを疑うようにカイザーが目を擦った。

カイザーがしっかりと俺の防御魔法をその網膜に焼き付けられるように、俺は魔法を維持し続けた。

「あ、あり得ない……そんな……」

カイザーが口をぱくぱくとさせて後ずさる。

「なんで……無能皇子ごときに三重奏の防御魔法が……」

「俺が使えるのは防御魔法だけじゃないぞ」

俺は三つの魔壁を解き、次に自分の頭上に攻撃魔法を展開した。

「魔弾・四重奏」

カイザーの二倍、四つの魔弾が一気に宙に現れる。

それも、一つ一つがカイザーの魔弾を遥かに超える大きさだ。

「あばばばばばば!?」

カイザーが俺の展開する四つの魔弾を見上げながら変な声を出す。

そのまま尻餅をつき、怪物でも見たかのように顔面蒼白になった。

這いずって逃げ出そうとするカイザーに俺は告げる。

「今度はこっちのターンだ。行くぞ、カイザー」

「ひぃいいいいい!?」

ビュッ!!

空気を切り裂き、四つの巨大な魔弾がカイザーに飛来する。

「あぎゃあああああああ!?」

カイザーが絶叫した。

その場にいた俺以外のすべての人間が、次の瞬間の大惨事を予想して目を閉じる。

パァン!!

だが、俺の魔弾はカイザーに着弾することはなかった。

その直前で音を立てて弾け、空気に溶けて霧散した。

カイザーに放ったのは、見せかけだけの魔弾だ。魔力は魔弾の表面だけに巡っており、中身はスカスカ。当たっても大怪我しないように俺が調整した。

流石《さすが》にあの大きさで魔力量もある魔弾だと、被弾した側が命を落としかねないからな。

その程度の分別ができない俺ではない。

「あひゅ……」

目の焦点が合っていないカイザーの口から変な声が漏れた。

「あぶぶぶぶ……」

そのまま口から泡を噴き、カイザーは地面に仰向けに倒れてぴくりとも動かなくなる。

「おい、大丈夫か?」

俺が声をかけるが、カイザーからの反応はない。

ショックがデカかったのだろうか。

数人の新入生が、カイザーのもとに駆け寄って安否を確認する。

「き、気絶してる……」

「息はあるな……無事みたいだ。ん？　なんか酸《す》っぱい臭《にお》いがするぞ……」

「なんだこの臭い……げっ、カイザーが漏らしてる⁉」

「きゃああっ。ふ、不潔！　穢《けが》らわしい‼」

どうやらカイザーは、俺の魔弾の恐怖で失禁してしまったみたいだ。

新入生たちが周囲に充満する臭いに悲鳴を上げて、離れていく。

「少しやりすぎたか……」

俺は何人かの男たちによって校内の医務室に運ばれていくカイザーを見ながら、もう少し手加減しても良かったかもしれないと反省した。

「あの……助けてくれてありがとうございました」

カイザーを遠目で見送っていると、後ろから声をかけられた。

背後に立っていたのは、カイザーに絡まれていた平民の少女だ。

両手を胸の前で合わせて、潤《うる》んだ瞳で俺を見上げている。

「あなたがいなかったら、あの人になにをされていたかわかりませんでした……助けていただいて本当に感謝しています」

俺は恭《うやうや》しく頭を下げる少女に笑いかけた。

「構わない。力になれたのなら良かった。名前を聞いてもいいか？」

「はい。私はニーナ。ただのニーナです。平民ですので家名はありません……えっと、あなたは第七皇子のルクス様、ですよね？」

「そうだ。ニーナは新入生なんだよな？　俺と同じで」

「そうです。と、特待生制度を使って、この学校に入りました……はい……」

まるで悪いことでもしたかのように、ニーナは視線を落として気まずそうに言った。

先程カイザーにいびられたせいなのか、平民としてこの学校に通うことに対して気後《きおく》れしているのかもしれない。

「すごいな、ニーナは」

「え……？」

「平民のために用意された特待生制度の数少ない枠を利用してこの学校に入るなんて。入試も俺たちが受けたのよりずっと難しい内容だったはず。その試験を突破できたのだから、もっと誇るべきだ。本当に頭が上がらない」

「……っ!?」

ニーナが驚いたような表情で俺を見た。

こんなことを言われるなんて夢にも思わなかったのだろう。

「い、いえ……私なんて……別にそんな……」

「謙遜しなくていい。ニーナがしたことは、先程のカイザーよりよっぽどすごいことだと思う。それに引き換え、カイザーの君に対する非礼は目も当てられないものだった。この国の特権階級が全員ああだなんて思わないでくれないか？」

「も、もちろんです！　ル、ルクス様は私を助けてくださいましたし……」

「ありがとう。それから俺に対して敬語は必要ない。帝国魔法学校の中には身分の差は存在しないからな。タメ口で構わない」

「で、でも……皇子様に対してそんな……」

「俺が構わないと言っている。お互いにラフな口調の方が、仲良くなりやすいだろ？」

「ル、ルクス様がそう言うのでしたら……」

ニーナがおずおずと頷き、一拍置いてから口を開く。

「こ、これからは……こんな感じの口調でいいかな？　ル、ルクス」

「ああ、いい感じだ。よろしくな、ニーナ」

俺は身分の差のない新入生同士としてニーナと握手を交わしてから、入学式の会場へ向かう。


二百名を超える今年の新入生とともに整列すると、式が始まった。

オズワルドと名乗る理事長が壇上に上がり、俺たちの入学に対する祝辞を述べる。

そして続けて、この学校の仕組みの説明に移った。

「この帝国魔法学校の敷地内では身分の差は存在せず、権力が強い者が、それを振りかざすことは認められない。また一学年あたり、魔法の知識や実力の優劣でAクラスからDクラスの四つに分けられる。定期的に行われるクラス対抗戦の成績いかんによっては、一度決まったクラスに入れ替わりが発生することもあり得るぞ。最後に、進級についてだが、年に一回の試験を突破した者のみが、次の学園へ上がれる。反対に、合格しなければ次の学年へ進級することはできない」

帝国魔法学校を創設した目的は、とにかく強い魔法使いを育成し、帝国の国益に役立つ人材を輩出することだ。

理事長が話していた実力順のクラス分けも対抗戦も、そういった優秀な魔法使いを選定するために競争させているだけにすぎない。

そうやって厳しい競争を勝ち抜いて卒業した生徒こそが、エルド帝国の社会から一流の魔法使いであると認められるのである。

「分かってはいたけど……やっぱり過酷だな。ここの環境は……」

「ああ……ぼやぼやしてるとすぐに落第しそうだ……」

「クラスによって待遇も全然違うらしいぜ……なんとか上のクラスにしがみつかないと……」

オズワルドの説明を聞いて、新入生たちはだいぶ怖気《おじけ》づいているようだった。

俺からすれば、この学校での競争なんて、後宮内での後継者争いと比べれば、それ程大変なものでもない。別段この学校の校則や方針に対して思うことはなかった。

結局後宮にいようが、帝国魔法学校にいようが、日々研鑽《けんさん》を積んで魔法を極めるという方針は変わらない。

大切な人たちを守るために、俺はこれからも努力を続けるつもりでいた。

「それでは次に、新入生たちのクラスを発表しようかの」

一通り校則を語り終えたオズワルドがそう言い出した。

入学試験の点数を基準に、新入生たちをAからDの四つのクラスに振り分けるのだろう。

新入生の名前と一緒に、所属クラスが告げられていく。

「トール・ゼノン……Aクラス！」

「よっしゃぁ！」

「エリヴィン・マリアス……Cクラス！」

「くっ……ギリ耐えたか……」

「ニーナ……Dクラス」

「こ、ここから頑張らなきゃ……」

一喜一憂する新入生たちの様子を見ていると、あっという間に俺の名前が呼ばれる。

「ルクス・エルド」

俺が皇子だからか、あるいは先程のカイザーとの騒ぎを見られていたからなのかはわからないが、名前が呼ばれた途端、みんなの注目がいっせいに集まった。

大勢の視線を一身に浴びながら、俺はクラスが告げられるのを待つ。

「……Dクラス」

「「「えっ!?」」」

「「「まじ!?」」」

無言で聞いていた俺に対し、会場にいたほとんどの新入生がざわつく。

そのまま彼らは、俺を見ながらヒソヒソと話し始めた。

俺は特にリアクションをすることもなく、そのまま元の姿勢と視線を保ち続けた。

その後も残った生徒の名前が呼ばれ、クラスが告げられていったが、新入生たちの間に広がったざわめきは消えることはなかった。

◇　◇　◇

入学式の会場でクラス分けをされた俺たちは、その後それぞれの教室へと移動することになった。

廊下を歩いている間も、周囲の人々は俺を見ながらひそひそと会話していた。

「おい、ルクス皇子はDクラスだってよ」

「一番下のクラスじゃないか……」

「大丈夫なのか？　皇族なのにDクラスって……下手したら卒業できないんじゃないか？」

「帝国魔法学校を卒業できなかったら、帝国民の支持は得られないだろうな……次期皇帝の座から遠のいたと見るべきか……」

「で、でも……私、見たよ？　ついさっき、あのラーズ商会のカイザー様との一騎打ちで三重奏魔法を使ってたところ……あんなすごい魔法を使えるルクス様がDクラスだなんて信じられない……」

「俺はルクス様と同じ試験日程だったけどよ……や、やばかったぜ……的を破壊したり、暴走した試験官を倒したり……」

「マジかよ!?」

「噂は本当だったのか……」

「ますますクラスに配属された理由がわからないな……」

「もしかしてこれも皇族たちの権力闘争の一環なのかな？」

「可能性はあるな。なんにせよあまり関わらない方がいいだろうな」

仮にも帝国の皇子が最下位のクラスに配属されたのを見て馬鹿にして笑っているのだろうか。

あるいは、先程のカイザーとの戦いを見た者は、意外に思っているかもしれない。

俺としてもDクラスに配属されるのは多少予想外だった。

とはいえ、別段大きな落胆はない。

どのクラスに配属されようが、全力を尽くし、のし上がるまでだ。

今日まで後宮で行われてきた皇族たちの熾烈《しれつ》な権力闘争に比べたら、帝国魔法学校内の生徒同士の競争など児戯《じぎ》に等しい。

対抗戦でのクラス替えのチャンスがそのうち巡ってくるだろうし、その時に上のクラスを目指せばいい話だ。

「ル、ルクス……お、同じクラスだね……！」

「どうやらそうみたいだな。よろしくな、ニーナ」

「う、うん！　よろしく」

俺の前に名前を呼ばれていたが、ニーナも俺と同じDクラスだ。

Dクラスに配属された他の新入生たちが悲嘆に暮れている中、ニーナの表情はやる気に満ちていた。

「い、一番下のクラスになっちゃったけど……ここから頑張らなきゃ」

自らに言い聞かせるようにそんな呟きを漏らしながら、気合を入れるように両の拳をぐっと握っている。

「ル、ルクスも一緒に頑張ろう？　頑張って次のクラス替えで絶対に上に上がろうね？」

「そうだな、一緒に頑張ろう」

俺が頷きを返すと、ニーナは嬉しそうに微笑んだ。

「で、でも……ちょっと意外だったな。ルクスだったら絶対にAクラスだと思ったのに……」

「自信はあったんだがな。しかし、帝国魔法学校が俺に下した評価は予想と違ったみたいだ」

「そ、そんなことないよ絶対に……だって、ルクスは私を助けてくれた時みたいな、すごい魔法を使えるんだよ？　絶対に実技は新入生で一番のはずなのに……どうして？」

「さあ、な。どういう判断基準でクラスが決められるのかは俺にもわからない」

「も、もしかしてルクス、入学試験の筆記試験ですごい手を抜いたりした？」

「してないぞ。筆記も実技同様全力で挑んだ」

個人的には、筆記だって限りなく満点に近い成績を出せたと思っていた。

だが、いかに採用基準が不明といえど、実技も筆記も満点ならAクラスに入れるはずだ。

ということは、筆記の方で何かしら問題があったと推測できるのだが——

「まさか……」

何かしら工作されていたのか？　実技での担当のおかしな対応といい、違和感がないと言えば嘘になる。

「……？」

ニーナが横で俺の様子を窺いながら首を傾げた。

「いや、考えすぎか……」

誰かの陰謀か、なんて考えが頭をよぎったが、仮にそうだったとしても証拠がない。それに今さら試験について考えてもあまり意味がないだろう。


そうこうしているうちに、Dクラスの教室の前までやってきた。

「あ、着いたみたい」

「え、ここが……？」

「嘘でしょ？」

前方で、教室を覗き込んでいた生徒たちの表情が芳《かんば》しくない。

なんだか絶望している様子に見えた。

俺は彼らの視線を追って教室の中に目を移す。

「なるほど……これは……」

「こ、これがDクラスの教室なんだね……」

さながら物置きの様相を呈している空間がそこにはあった。

かろうじて人数分の机と椅子は並べられているが、そのすべてが埃《ほこり》まみれだ。

整理も掃除もまったくされていない。

最後に掃除されたのは、いつなのだろうか。

入学式の時にクラスによって待遇も違うと理事長のオズワルドが説明していたが、最下位のDクラスともなるとここまで酷い環境なのか。

「マジかよ……ここで授業やるのか……？」

「これが帝国魔法学校の洗礼……」

「ここでずっとすごすなんて嫌だ……」

「絶対に上のクラスに上がらないと……なんとしても……」

Dクラスに配属された新入生たちは、現状の惨《みじ》めさを噛み締めていた。

こうやってクラスによって待遇に差をつけることでさらに競争を加速させるのが帝国魔法学校の狙いなのだろう。

「とりあえず掃除からになりそうだね」

「そうだな」

苦笑しながらそんなことを言うニーナに、俺は首肯を返した。

第二話　実力主義の洗礼

教室を全員で掃除したあと、俺たちは各々席に着く。

「めっちゃボロいな……」

「穴空いてる……」

「グラグラする……」

「落書きが酷いな……」

Dクラスは机と椅子の質も悪く、まともなものがほとんどなかった。

他の生徒が口々に文句を言う中、俺はニーナとともに真ん中あたりの席に隣同士で座った。

「お、綺麗になってる。お前ら掃除したのか？　偉いじゃないか」

全員が席に着いて五分程経ったあたりで、ローブに身を包んだ長身の女性が教室に姿を現した。

「私が今日から一年間、このクラスの担任になるリーザだ。お前らよろしくな」

その人物は教壇に上ると、クラス全体を見回してから自己紹介を始めた。

「「「よろしくお願いします！」」」

「うん、いい返事だ。だが、まぁ、なんだ。正直に言うと学校はお前らにあんまり期待していない。

それは私も同じだ。現時点でのお前らの評価は新入生の中で最低だし、例年の傾向を見れば、多分卒業するまで最低クラスのままだ。できる奴は最初からできる、できない奴は頑張ってもできないまま。それが魔法使いの世界って奴だ。厳しいものだよな」

「「「……っ」」」

生徒たちが不満げに眉を顰《ひそ》める。

それもそうだ。

最初からいきなり担任教師に、出来損ないの烙印《らくいん》を押されたようなものなのだから。

「だから、あまり頑張りすぎない方がいい。頑張った分だけ報われない時に辛い思いをすることになるからな。もちろん勝手に頑張るのは構わないんだが、私にあまりしつこく質問してくれるなよ？　そういうの面倒なんだよな、はぁ」

ボリボリと頭を掻きながら気だるげな感じでリーザが言った。

その発言と仕草から、なんとなくリーザの面倒くさがりな性質が透けて見えたような気がした。

「一応理事長から説明があったクラス対抗戦は、早速一週間後に開催予定だ。そこで上位クラスを倒せば、Ｃクラス以上への昇格もあり得る。まぁほぼ無理と言っていいだろうがな」

「「「……っ」」」

「まぁ、そう睨むな。別にお前らに全く期待していないわけではなく、これまで長年勤めてきた経験からそう言っているんだ。そもそも入学して一週間じゃ、どんなにのびしろがある奴でも成長するのは難しい。クラス替えできるに足る戦力を整えたくても、一週間じゃほとんど準備できないんだ。実際、毎年この一回目のクラス対抗戦でクラスが変動した例はほとんどない」

「「……っ」」

「むしろここで対抗戦をするのは、Dクラスへのチャンスではなく、他のクラスのためという側面が大きい。要は、自分たちの立ち位置を確認するのが目的だ。上位クラスは自分たちの優位性を、そして下位クラスは自分たちがいかに負け組かを勝負の結果によって強く意識するようになる。自分たちよりも才能がある魔法使いの集団に打ちのめされ、敗北を知ってから、奮起するか、それとも心を折られて悲嘆に暮れるか……すべてはお前たち次第だ」

「「……っ」」

リーザが素知らぬ顔で淡々と言い、他の生徒たちは現実を突きつけられて言葉を詰まらせていた。

「だからまぁ、せいぜい頑張ってくれ。もしお前らが一週間後のクラス対抗戦でいい成績を収めてクラスが昇格するなんてことになったら……頭下げてやるよ」

そして最後には、完全に敵意を剥き出しにしている生徒たちをぐるりと見回し、ニヤリと笑いながら挨拶を締めた。

「「……」」

リーザの話が終わると、気まずい沈黙が教室に漂う。

俺はチラリとクラスメイトたちの表情を盗み見た。

リーザにイラついていそうな生徒、絶対に見返そうと悔しさをあらわにしている生徒、落ち込んでいる生徒。彼らの反応は様々だった。

「酷いね……担任なのにあんなこと言うなんて……」

隣からニーナがこそっとそう耳打ちしてきた。

「どうだろうな。あそこまで煽るような発言をしてくるのは、案外期待しているのかもしれない」

「そ、そうなのかな？」

「もし本当に俺たちに関してどうでもいいと思っているのなら、最初っからこんな話をして嫌われる必要すらないだろ。放っておけばいいんだから」

「……そ、それは確かに」

生徒たちの反応をニヤニヤしながら楽しんでいるように見えるリーザだが、俺にはただ単に性格の悪い魔法教師というだけには見えなかった。ニーナにも言ったように、本当に俺たちのことをどうでもいいと思っているのならわざわざ嫌われ役なんてやる必要がないからだ。

事実、リーザの話を聞いて絶対に見返してやると、そう奮起した生徒は何人もいるはずだ。

もしかしたらこのリーザという魔法教師は、見かけやその態度によらず、生徒思いなのかもしれない。

「と、まぁ、出来損ないの諸君らに身の程を知ってもらったところで、早速授業を始めていこうか」

「「「……！」」」

リーザを睨んでいた生徒たちが我に返ったように姿勢を正し、慌てて教科書を準備する。

だがそんな彼らの動きを、リーザは片手で制止した。

「ああ、待て待て。教科書は出さんでよろしい。最初の授業では使わない。これからするのはだな……」

そう言って、リーザが懐《ふところ》から紫色の水晶玉を取り出して掲げた。

「魔力測定。それが最初の授業内容だ。これは魔力測定水晶という名の魔道具だ。これで魔法使いの体内魔力を測ることができる」

魔力測定水晶。

非常に高価な魔道具で、魔法使いの体内魔力量の測定に用いられる道具だ。

俺とは因縁《いんねん》のある魔道具とも言える。

なにしろこの世界にソーニャによって産み落とされた直後、俺はあの道具によって魔力を鑑定され、その時点で魔力がないと判断された結果、無能の烙印を押されたからだ。

いわば俺が無能皇子と呼ばれるようになった直接の原因であり、そのせいで俺はつい最近まで、後宮において酷い扱いを受けることになった。

だが、俺は弛《たゆ》まぬ努力によってここまで這い上がってきた。

今もう一度あの魔道具を使用すれば、一度目の鑑定の時とは全く別の結果が得られることだろう。

「これで今からお前ら一人一人の魔力を測る。魔力は魔法使いのポテンシャルそのものだし、実力は体内魔力量にある程度比例する。だから、これでお前たちの力をある程度見させてもらうぞ」

リーザが生徒たちの顔を見てそう言った。

「魔力測定か……」

「マジか……自信ないな……」

生徒たちの間に不安が広がる。

自らの魔法の素養があらわになることを、ほとんどの生徒が恐れているようだった。

「安心しろ。お前らにはあんまり期待していない。なにしろDクラスだからな。魔力量も新入生の中ではほとんど最下位クラスだろう。まぁそれでもうちの入試を突破できた時点で世界全体の魔法使いの中では優れている方なんだがな。ほら、さっさと並べ並べ」

リーザが急かして、生徒たちを一列に並ばせた。

そして順番に魔力を測定し、記録していく。

「ちなみになんだが、この魔力測定水晶では魔力量を三段階に分けて測ることができる。これに手を翳《かざ》し、魔力を注ぐ。玉が紫色に光れば、第一階梯《かいてい》。赤色に光れば第二階梯。そして黄色に光れば第三階梯となる。この水晶では第三階梯が測定の限界だ。ちなみに第四階梯以上に達すると、歴史に名前を残すような伝説級の魔法使いの魔力量と同等だが……まぁこのクラスからそんな生徒は出ないだろう。大抵の生徒が第一階梯、よくて第二階梯止まりだな」

リーザが水晶の詳細な説明を付け加えた。

「うぅ……魔力量かぁ……あんまり自信ないなぁ……」

ニーナの不安げな言葉を聞きながら、俺は彼女と一緒に列の最後尾に並んだ。

「来い、俺の魔力」

「うーん、第一階梯だな。次」

「そんなぁ……」

「お、俺は自信があるぞ！　きっと第二階梯、もしくは第三階梯以上の魔力があるかもしれない！

なにしろ俺は幼い頃から周囲で天才魔法使いと呼ばれてきたからな！」

「おい、ぶつぶつとうるさいぞ……お前も第一階梯だな」

「う、嘘だぁ!?　俺は幼い頃より天才と言われて育って……」

「所詮井の中の蛙《かわず》だったってことなんだろう。ほら、つっかえてるから早く退いてくれ」

「くっ……」

リーザはまるで作業のように生徒の魔力を測定し、記録していく。

今のところ、ほとんどの生徒が第一階梯の範囲に収まる魔力量だった。

みんな、なんだかんだ自信があるのか、期待に満ちた目を水晶に向けて手を翳すのだが、水晶は紫色に光るだけでそこから変化する者はいない。

自分が第一階梯の魔力だとわかると、みんな肩を落として列をはけていく。

そんな中、水晶が突然赤く光り出した。

「ふむ、第二階梯か。まぁ一人ぐらいはいると思ったが」

リーザの眉が少しだけ動く。

「す、すげぇ！」

「赤く光ってる!?」

ざわめきが起こった。

「ふん、俺は選ばれた側の人間だからな」

水晶の前に立っていた当の本人である男子生徒は、これが当然というような表情だった。

「へぇ、そうかい。よかったな。はい、次」

「……っ」

だが、リーザはそれ以上特に驚いたり褒めたりすることもなく、早くどっか行けと手を振ってその生徒を教卓の前から追い払った。

「こ、こいつ……絶対にクラス対抗戦で勝利し、謝らせてやるからな。俺の実力なら、このお荷物どもとの共闘でも上のクラスの連中に勝つことができるだろう」

「はいはい、わかったわかった。そういうのいいから。次は誰だ～」

「……っ」

リーザはその傲慢《ごうまん》な男子生徒を全く相手にしていなかった。

「覚えてろ」

第二階梯だったその男子生徒は顔を真っ赤にしながら列からはけていった。

その後も他の生徒の魔力測定が淡々と進み、ついに俺とニーナの番が回ってきた。

先にニーナが測定を始める。

「お、お願いしますっ」

ニーナがそう言って水晶に手を翳した。

水晶は紫色に光り、そこから変化はなかった。

「うぅ……知ってたけど……そうだよね。はぁ」

「第一階梯か。ま、この魔力量でも魔法使い全体で見れば多い方だし、わずかだがこの魔力量で名を馳せることになった魔法使いも存在する。そこを目指せばいいさ」

「あ、ありがとうございます。がんばります」

ひどく落ち込むニーナに、リーザが励ましの言葉をかけた。

「次！」

「が、頑張ってルクス！」

「ああ」

リーザの言葉でちょっと元気を取り戻したニーナが、俺にエールを送ってきた。

俺はニーナに頷きを返し、リーザの前に立つ。

今まで生徒の顔を見もせずに、水晶だけを見て記録をとっていたリーザが、初めて顔を上げた。

「お前……」

「……？」

リーザが目を細めて俺に問いかける。

「何者だ？」

「第七皇子のルクス・エルドです」

そう言った瞬間、リーザの目が大きく見開かれる。

「そうか……お前が……」

「俺がどうかしたんですか？」

「いや、少し信じられないような話を小耳に挟んだから、どんな奴か知りたかったんだ」

「信じられないような話？　ああ……もしかして実技試験での」

俺が説明しようとすると、リーザがそこで手を振って言葉を遮った。

「ああ、いい。別に詳細が知りたいわけじゃない。魔法使いの実力は、魔力量である程度測れる。私は自分の目で確かめたこと以外はあまり信用しないタチでね。ここでどのみち、お前の力はわかるからな。さあ、手を翳すんだ」

「はぁ」

よくわからないが、俺は言われた通りに水晶に手を翳した。

水晶の色が紫から一瞬にして赤に変わり、そして黄色に光った。

「なっ⁉　黄色に光ったぞ⁉」

「第三階梯ってことか⁉」

「マジかよ⁉」

後ろで俺たちの魔力測定を眺めていた生徒から驚きの声が上がる。

だが水晶の変化はそれだけにとどまらなかった。

ピシ……ピシピシ……

「ん？」

俺が手を翳し続けていると、表面に小さなヒビが入り始め——

パリーーーーーン‼

次の瞬間、内部エネルギーが外に発散されるように爆発し、割れて粉々に砕け散った。

「おっと」

俺は翳していた手を咄嗟《とっさ》に引っ込める。

「壊れたぞ!?」

「どういうことだ!?」

生徒たちがまたしても驚きの声を上げる。

「馬鹿な……測定限界……だと?」

リーザが粉々になった水晶の破片を呆然と眺めながら言った。

「高価な魔道具を壊してすまなかった。こんなことになるとは思わなかった」

俺はそんな彼女に向かって軽く頭を下げる。

いまだに呆気に取られているリーザが、顔を上げて俺のことをまじまじと見た。

「あ、あぁ……」

それから、心ここに在らずといった表情のままかろうじて二度頷いたのだった。


結局その日は本格的な魔法の授業が行われることはなかった。

魔力測定が終わったあとは、一年間のカリキュラムの説明、互いの自己紹介をしたくらいだ。

本格的な授業は明日からとのことだった。

「それじゃあ、解散っ。終わった終わった〜。じゃーなお前ら。気をつけて帰れよ〜」

それだけ言って、リーザは生徒たちより早く教室を出て行った。

面倒ごとを終えて清々したと言わんばかりの様子だ。

だが、リーザが去ったあとのボロボロのDクラスの教室は、気まずい沈黙で満ちていた。

ふむ……よくわからん雰囲気だが帰るか……

俺は教室に漂う重たい空気を無視して帰り支度を始める。

こんなところで無駄な時間をすごす暇があるなら、さっさと帰って魔法の修業をしなければ。

「え、遠慮がないね、ルクス……」

「ん？　そうか？」

そう言うニーナもどこか疲れた様子だった。

というより、みんなリーザの言葉と魔力測定で現実を突きつけられて、気分が下がっているのだろう。

「帰るか……」

「俺も帰ろう……」

「はぁ……なんだかどっと疲れた……」

俺が帰り支度を始めたのを見て、クラスメイトたちも続々と荷物をまとめ始めた。

「おいちょっと待てよお前ら!!　このまま帰るなんて許さんぞ!!」

そんな中、一人の生徒が立ち上がり、ズカズカと教壇に上ると、教室を見回して怒鳴り出した。

「なんだよ～」

クラスメイトの一人が嫌そうな声で応える。

「誰も帰るんじゃないぞ！　今から広場で、全員で魔法の訓練をする‼」

「なんで急に仕切ってるんだよ。てか誰だっけお前？」

「クライン‼　クライン・アルレルトだ！　絶対に忘れるんじゃないぞ、この凡愚《ぼんぐ》ども！」

誰かが問いただすと、その男子生徒は怒ったように自らの名前を叫んだ。

彼は、最初の魔力測定の時に俺以外で唯一、第二階梯以上の魔力と測定された男子生徒だった。

「凡愚ってなんだよ」

「クラスメイトに向かってそんな言い方ないだろ？」

クラインの乱暴な物言いに生徒たちから抗議の声が上がるが、クラインは意に介さない。

「凡愚に向かって凡愚と言って何が悪い？　お前ら全員Dクラスの出来損ないだろうが！」

「いや、お前もDクラスだろ」

「お前だって俺たちと同じDクラスじゃないか」

あちこちから飛ぶあまりにも当然のツッコミを、クラインはふんと鼻息を吐いて受け流す。

「俺はお前らとは違う。選ばれた側の人間だ。この俺がこのクラスに配属されたのは何かの間違いだ。一緒にするなよ、凡愚どもが」

「はいはい、そうかよ」

「何言ってんだこいつ」

「あー、そうか。こいつ魔力測定の結果が第二階梯で、ちょっと魔力量が人より多かったから、調子に乗っているのか」

クラスメイトたちを完全に見下したような物言いに、みんな呆れ気味だ。

だがクラインは、なおも生徒たちを見下したような口調で発言を続ける。

「俺の実力ならすぐに上のクラスに上がれるだろう。一週間後に控えたクラス対抗戦はその最高の舞台だ。この学年の生徒全員が、クライン・アルレルトの名前を知ることになるだろうな」

「へー、そりゃすごい」

「それで？　結局何が言いたいんだ？」

「はっ、わからないか？　凡愚ども。出来損ないのお前らもまとめて俺がクラス対抗戦で勝たせてやるって言ってんだよ。俺が今日から一週間、直々にお前らに魔法を教えてやる。本番で少しでも俺の足を引っ張らないようにな。感謝しろよ」

「なんだそれ、頼んでねーよ」

「もうこのクラスのリーダー気取りかよ？」

どこまでも傲慢《ごうまん》なクラインの物言いに、生徒たちが当然反発する。

だが、クラインもなかなか引き下がらない。

どうやらクラインは、本気で一週間後のクラス対抗戦で勝つつもりのようだ。

「はっ。別に俺はこのまま訓練なしで挑んでもいいんだぜ？　俺一人いれば少なくともCクラスに上がれるのは確実だからな。別段最初っからお前らに期待なんかしてねーよ」

「……っ」

「こいつ……」

「言わせておけば……」

言いたい放題のクラインに、何人かの生徒が流石に堪忍袋の緒が切れたのか、抗議の声を上げようとする。だが、クラインの言葉に触発されて、クラス対抗戦に真面目に取り組もうとする生徒も出てきたようだった。

「言い方は酷いけどよ……」

「確かにこのままだと俺たち確実に負けるよな……」

「言い方は乱暴だが、この思い上がりの言い分も一応正しい気がする」

ざわめきがクラス内に広がり、みんながクラス対抗戦についてあれこれ相談し始めた。

「ど、どう思う？　ルクス」

成り行きを見守っていたニーナが俺に意見を求めてくる。

「まぁ、別に俺はどちらでも構わない」

仮に学校に残って魔法の訓練をすることになっても、俺にとっては場所の違いだけだ。

俺は広場で自分のメニューをこなすだけでしかない。

「あの人はちょっと嫌な人だけど……でも訓練は私もした方がいいような気がする……リーザ先生はああ言ってたけど、少しでもチャンスがあるなら全力で挑みたい、よね？」

「まぁ、それはそうだ」

ニーナもどちらかと言うと訓練に賛成のようだった。

リーザにあれだけ煽られたこともあり、Ｄクラスの生徒たちは大半が一週間後のクラス対抗戦で何か結果を出そうと考えているようだった。

「おい、クライン。お前の言いたいことはわかった。訓練することに関しては俺も同意だ、だけどよ」

やがて一人の男子生徒が、クラスの意見を総括するようにクラインに言った。

「でも、お前に仕切られるのには納得がいかねぇよ」

「はぁ？　どういうことだよ？」

クラインが教壇から、男子生徒を見下ろしながら言った。

「俺以外に誰がこのクラスを仕切れる？　帝国魔法学校は実力至上主義だ。力ある者が正義。このクラスで一番魔法の素養がある第二階梯の俺が勝たしてやると言っているのだから凡愚の貴様らは素直に従っておけばいい」

「俺たちが気になってるのは、それだよ。実力順でも、お前はこのクラスで一番じゃないだろ」

そう言った男子生徒が俺の方を見る。

俺はなんとなく嫌な予感がした。

男子生徒が俺を指さして、クラインに告げる。

「お前より、明らかにルクスの方がこのクラスのリーダー役に適任だろうが」

嫌な予感が的中した。

クラインの視線が俺へと向けられる。

「はぁ？　こいつが？」

クラインは小馬鹿にしたような口調で言った。

「そんなわけないだろう？　このクラスで一番強いのはこの俺だ」

「いやいや、何言ってるんだクライン？」

「お前、ルクスの魔力測定の結果を見てなかったのか？」

「ルクスはお前より圧倒的に魔力量が多いんだぞ？」

「ルクスは第三階梯以上。お前より上だ」

俺が何か言う前に、クラスメイトたちから次々にそんな声が上がる。

俺は口を挟むタイミングを完全に逃してしまった。

クラインとクラスメイトたちが、俺を置き去りにして口論を始めてしまう。

「はっ。ルクスが俺より魔力が上だと？　笑わせるな。あんな鑑定結果があり得るはずがないだろうが」

「どういうことだよ？」

「あんなのは単なる水晶の故障だろ。それだけだ。ルクスの魔力量が多いということじゃない」

「いや、そんなことは……」

「俺は見たぞ！　水晶は確かに黄色く光ったんだ！　あれは明らかに第三階梯クラスの魔力を示す色だった！」

「そうだそうだ！　俺も見たぞ！」

クラスメイトたちがクラインに対して再び抗議する。

だがそれでもクラインは、今日行われた魔力測定の結果を信じていないようだった。

「これだから凡愚どもは。魔法で劣るだけじゃなくて理解力まで乏しいときてる。いいか？　あのリーザとかいう女も説明していただろ？　魔力量が第三階梯以上ってのは、歴史に名前が残るような伝説級の魔法使いの魔力量なんだよ！　そいつが本当に伝説級の魔法使いに見えるか？」

クラインが俺を指さしながら言った。

クラスメイトたちが一斉に俺を見る。

「み、見える……か？」

「どうだろう……で、でも今朝ラーズ商会のカイザーを三重奏魔法で倒したって聞いたぞ……？」

「入学試験では的を破壊したって……」

「でも言われてみれば、確かに伝説級の魔法使いがそんなに簡単に現れるはずないか」

みんなが疑いの目で俺を見る。

「ル、ルクスの実力は本物だよ!?　絶対にこのクラスで一番だから！」

ニーナが慌てたようにそう言うが、それでもクラスメイトたちの疑念は払拭されないようだ。

「色々妙な噂があるようだが俺は騙されないぜ？　第七皇子のルクス様よ？　もしあんたが本当に伝説級の魔力の持ち主ならそもそも無能皇子、なんてあだ名がつくはずもないしな」

「……」

クラインが小馬鹿にしたような目で俺を見てくる。

特に反論する必要性を感じなかったので、俺はクラインの言葉を黙って聞いていた。

それに、このままクラスメイトたちが俺の実力に懐疑的になれば、リーダー役を振られることなく、面倒ごとを引き受けずに済む。このままクラインがリーダーになるのならそれで構わない。

「そ、そうだ！　それならいっそ、ルクスとクラインで勝負してみたらどうだ？」

「お、それいいな！　それだったら優劣がはっきりするしな！」

だが、話は思いもよらない方向へ進み、いつの間にか俺とクラインが対決する流れになってきた。

「一騎打ち対決をして勝った方がこのクラスのリーダーになる！　実力至上主義の帝国魔法学校らしいやり方じゃないか！」

一人のクラスメイトの提案に、たちまち賛同の声が広がっていった。

流石に看過できず、俺は口を挟む。

「いや、待ってくれ。別に俺はそもそもこのクラスのリーダーになりたいわけじゃ」

「おい、逃げるのかよ、無能皇子」

俺が断ろうとすると、俺の声を遮ってクラインが挑発してきた。

小馬鹿にするような目で俺のことを見ながら、煽るような表情を浮かべている。

「いいじゃないか、一騎打ちでリーダーを決める。実に俺好みのやり方だ。一番手っ取り早くわかりやすい。あんたもそれなら文句ないだろ？　皇子様？」

「だから別に俺はこのクラスのリーダーになりたいとは一言も」

「はっ。そうやって逃げるのかよ、腰抜けが。俺に負けるのが怖いのか？　単に無能なだけじゃなくて度胸までないんだな？　皇子なら帝国民の手本となるべきだよな？　勝負から逃げるような腰抜けのくせに人の上に立とうとするなんて厚顔無恥もいいところじゃないか？　恥ずかしすぎて俺にはできないね」

「ちょ、ちょっとそんな言い方ないよ！　ルクスの実力は本物で」

「だったらそれを証明すればいいだけだよな？」

ニーナが俺を庇おうとするが、そんな彼女を手で制し、クラインは俺の元まで歩いてきた。

俺に顔を近づけて詰め寄ってくる。

「こんな小さなクラスすら率いることができない奴が、帝国を統率できるはずがないよな？」

「……」

「あんたの力を見せてくれよ、皇子様。みんな、期待してるぜ？」

「……」

俺はチラリと他の生徒たちを見た。

クラインの言う通り、俺に期待の目を向ける生徒は多かった。

彼らのほとんどはこの国の特権階級の子息子女であり、将来帝国において重要な役割を果たすことが予想される人材ばかりだ。

そんな彼らの前で情けない姿を見せるのは、次期皇帝の座を狙う者としてはあまり印象が良くないかもしれない。

「どうなんだ？　勝負、やるのか？　やらないのか？」

「わかった」

俺はクラインの目を正面から見据えながら言った。

「勝負を受けよう。一騎打ちでこのクラスのリーダーを決める提案に、同意する」

◇　◇　◇

魔法学校の敷地内にある訓練用の広場で、俺はＤクラスの生徒たちに囲まれてクラインと対峙していた。

別段俺自身はクラスのリーダーにこだわりはないのだが、あそこまでクラインに煽られて引き下がるとクラスメイトたちに意気地なしと思われてしまうかもしれない。

今後のことを考えると、この戦いは受けた方がいいと思った。

「どっちが勝つと思う？」

「ル、ルクス皇子じゃないか？」

「クラインが勝つかもしれない……そうなったらＤクラスのリーダーはあいつだ……」

「でも、もし今朝の魔力鑑定の結果が魔道具の故障なんかじゃなくて本物なら……クラインに勝ち目はないだろうな……」

「それはそうだが、ルクス皇子が本当に伝説級の魔力を持っているとはどうしても思えない……そんな皇子が一時でも無能皇子だなんて呼ばれるか？」

「それもここで明らかになるだろ。実技テストで的を破壊して試験官を倒したとか、ラーズ商会のカイザーを魔法で気絶させたとか、色々噂は聞いても俺はまだルクスの本当の実力を目にしていないんだ……」

「もし噂の数々が本当ならDクラスに配属されたのも謎だしな……」

周囲にいたDクラスの生徒たちは互いにヒソヒソと会話しながら俺たちのことを見ている。

期待の眼差しを向ける者。俺の実力に懐疑的な者。

見た感じ半々といったところか。

「ルクス頑張って！　ルクスなら絶対に勝てるよ！」

ただ一人、俺に絶大な信頼を置いて応援してくれているのがニーナだ。

落ち着いた表情で、俺の勝ちを確信しているかのようだった。

俺はそんな彼女の声援に手を上げて応えてから、改めて十メートル程先に立っているクラインに向き直った。

「おい、ルクス。準備はいいか？」

勝てるという自信があるのか、ニヤニヤとした余裕の笑みを浮かべていたクラインが俺にそう尋ねてきた。

俺はそんなクラインに頷きを返す。

「ああ、いつでも構わない」

「ククク……このクラスの王は誰かってことを身をもって教えてやるよ」

クラインは自分が負けることなど少しも考えていないようだ。

周りを取り巻いているクラスメイトたちに命令する。

「おい誰か。審判をやれよ。始まりの合図を出せ」

「わ、わかった！　俺がやる！」

一人の男子生徒が輪の中から出てきて、俺たちの間に立った。

そして片手を高く振り上げ、俺たちを交互に見る。

「両者構えて……始めっ！」

腕が振り下ろされ、勝負が始まった。

俺もクラインも、勝負が始まって数秒の間は互いに出方を見ており、動きはなかった。

緊張した数秒間の静寂のあと、クラインが煽るように言ってきた。

「おい、ルクス。どうした？　来ないのか？」

「そっちこそ、何もしなくていいのか？　勝負はもう始まっている」

「はっ。俺が攻撃したらすぐに終わっちまうだろうが。先手は譲ってやるよ、皇子様？」

「それはこっちのセリフだ」

俺は構えも取らず、ただその場に棒立ちになりながらクラインに言った。

「俺が先手を取ったらお前の反撃はない。だから……先手は譲る」

「……っ」

俺の言葉がクラインに火をつけたようだ。

彼の顔が真っ赤に染まっていく。

別に煽るつもりはなく事実を告げただけなのだが、クラインを完全に怒らせてしまったようだ。

「後悔すんなよ、無能皇子！」

そう叫んだクラインが、次の瞬間魔法を撃ってきた。

だが、その軌道はどう見ても俺の体を捉えていない。

俺はその場から動かず、防御魔法も発動しなかった。

クラインの魔法が俺の足元に着弾し、小さく爆発した。

「うおっ⁉」

「速っ⁉」

「えっ⁉」

「すげぇ！」

「今の魔法か⁉」

「なんという発動速度なんだ……」

見物していたクラスメイトたちがざわついた。

みんな、クラインが魔法を発動する速度に驚愕しているようだった。

「ククク……反応すらできなかったようだな？　これが俺の魔法だ」

クラインがドヤ顔でそんなことを言った。

「魔法名門のアルレルト家の中でも俺の魔法発動速度は歴代最強だ！　おいルクス。正直に言えよ？　お前今、俺の魔法を目視することすらできなかったんじゃないか？」

「いや、できていたが？」

「嘘をつくな。お前は棒立ちのままで反応すらできてなかったじゃないか」

「避《よ》ける必要がなかったから動かなかっただけだ」

「はっ。強がるなよ？　俺の魔法を認識すらできなかったくせに」

俺は事実を言っただけなのだが、どうやらそれをクラインは強がりの嘘だと解釈したらしい。

クラインが俺をせせら笑う。

「これでわかっただろ？　俺の実力が。今回はわざと外してやったが、その気になればお前の体に命中させることもできた。きっと俺が本気になれば、お前は何をされたのか認識すらできないうちに魔法を喰らって気絶することになるだろうな。俺が先手を取ればお前は防御魔法を展開すらできないまま負ける。だから先手を譲ってやるって言ったんだよ」

「……」

クラインが格下に接するかのような態度で俺を顎でしゃくり、攻撃を促す。

「ほら、わかったらさっさと魔法を撃ってこいよ。一応皇子だからな？　魔法一発も撃てずに負けましたなんて学校中に広まったら恥だろ？　花を持たせてやるよ。お前の魔法を俺に見せてみろ」

「はぁ」

俺はため息を吐いた。

完全に勘違いをしているクラインだ。

俺が口で何を言ってもおそらく信じないだろう。

だったら実際に力を見せた方が早い。

「ほら、早く撃ってこいよ。俺の防御魔法に弾き返されるのが怖いのか？」

「……」

「こっちが先に魔法を使ったりはしないぜ？　俺は攻撃魔法だけじゃなくて防御魔法の発動速度においても最強だからな。お前の魔法発動を見てからでも十分に防御が間に合っ」

ババババァン!!

「「……っ!?」」

「ふぁっ!?」

何やらクラインがぺちゃくちゃ喋《しゃべ》っていたが、俺は気にせずクラインの足元に魔法を撃った。

クラスメイトたちが驚いてのけぞり、クラインの口から素っ頓狂な声が漏れる。

どうやらクラインは俺が三発同時に放った魔弾を認識すらできなかったようだ。

「い、今何が!?」

「爆発したぞ!?」

「なんだ今の!?」

「まさかルクスの魔法か!?」

「あ、あり得ねぇ……速すぎる……」

「に、認識すらできなかった……」

「何も見えなかったぞ……」

「どうなってんだ⁉」

クラスメイトたちからどよめきの声が漏れる。

「なな、何が⁉」

俺は爆発した自分の足元を見て取り乱しているクラインに声をかけた。

「おい、大丈夫か？」

「え……？」

「防御魔法。全然間に合ってなかったぞ？」

「え……？　え……？」

「次は当てるからな？　しっかりと防御しろよ？」

「ま、まさか……今のはお前の魔法……？」

「それ以外に何がある？」

クラインが顔面蒼白で現実を否定するように首を横に振った。

「いやいや、あり得ないだろ……なんだ今の……もし本当にあれが魔法なら……アルレルト家最速の俺より全然……」

「おい、次の攻撃行くぞ」

俺は魔法を使用した。

クラインは慌てて防御魔法を展開しようとする。

だが、間に合わなかった。

バァン！

「ぐわぁあああああ⁉」

クラインは俺の魔弾をまともに喰らって吹っ飛んでいった。

もちろん威力は調整してある。

数秒間宙を舞ったあと、クラインの体が地面に叩きつけられる。

「う、ぐぉおお……」

呻き声を上げながら、倒れているクラインに俺はゆっくりと歩み寄る。

「な、何をした……お前……っ。この俺にっ」

「普通に魔法を発動しただけだが？」

「う、そをつくな……な、何も見えなかったぞ……」

「……そうか」

はぁ、とため息を吐き、狼狽《うろた》えるクラインを見下ろしながら俺は言った。

「何をされたのかもわからずに倒されたのはお前の方だったな」

「……っ⁉」

クラインは悔しげな表情を浮かべ、必死に立ち上がろうとするが、結局体のダメージが思ったより大きかったのか、そのまま白目を剥いて気絶してしまった。

◇　◇　◇

帝国魔法学校入学二日目。

昨日同様、馬車で登校してきた俺が教室へ入ると、Ｄクラスのクラスメイトたちが一斉に俺の元に集まってきた。

「ルクスが来たぞ！」

「ルクスくんおはよう！」

「ルクスおはよう！」

みんなが俺を取り囲み、口々に挨拶をしてくる。

「ああ、おはよう」

俺は彼らに頷きを返しながら教室をぐるりと見回した。

ほとんどの生徒が俺の元に集まってきている中で、一人だけ席に座っている生徒がいた。

昨日一騎打ちをしたクラインだ。

俺と目が合うと、気まずそうに視線を逸らして俯いた。

どうやら昨日の勝負で完全にＤクラスの生徒たちは俺をこのクラスのリーダーだと認めたようだった。

俺は自分の周りにいるクラスメイトたちを見る。

全員が俺に期待するような眼差しを向けていた。

望んでこうなったわけではないが、リーダーになってしまった以上、全力を尽くすつもりだ。

元々一週間後のクラス対抗戦では勝って上のクラスに上がろうと考えていた。

クラスメイトの協力が得られればさらにやりやすくなるだろうし、上のクラスに上がるために最大限、今の立場を活用するのも手だろう。

「ルクスくん昨日はすごかったね！」

「ルクス……お前って本当に強かったんだな！」

「疑って本当に悪かった！　このクラスのリーダーはお前だ！」

「ルクスがいれば俺たちクラス対抗戦で勝てるかもしれないぞ！」

「今日から一緒に頑張ろう？　ルクスくん。私たちに魔法を教えてね？」

「ルクス。俺たちはお前についていくぜ。できることがあればなんでも言ってくれ」

クラスメイトたちが希望に満ちた表情でそんなことを言ってくる。

どうやら昨日の俺とクラインの勝負を見て、もしかしたら勝てるかもしれないと、絶望的だと思っていたクラス対抗戦に希望を持ち始めたらしい。

「ああ。みんなで頑張っていこう」

自分の魔法鍛錬の時間が削られるのは少し痛いが、今日から一週間は彼らの魔法指導に時間を費やさなければならないだろう。

短い期間でどれだけ教えられるかは定かではないが……

「おはよう、ルクス」

「ニーナか。おはよう」

俺が自分の席に着くと、ちょうど今教室へやってきたらしいニーナが挨拶をしてきた。

「一日ですっごい人気者になっちゃったね、流石ルクス」

「そうか？」

「そうだよ！　……もー、みんな、すぐに手のひらを返して……ルクスが強いことなんて最初っからわかってたのに……」

ニーナが少し頬を膨らませてそんなことを言う。

俺の実力に懐疑的だったクラスメイトたちが、昨日の勝負を見て全員完全に手のひらを返した状況があまり面白くないのかもしれない。

「ニーナは最初っから俺を応援してくれていたもんな。ありがとう」

「……っ……う、うん、当然だよ」

俺が昨日の声援のお礼を言うと、少し不機嫌そうだった表情は一転、頬が赤く色づいて挙動不審になる。

そのままなぜかちょっとぎこちないニーナと会話をしていると、やがて担任教師のリーザが教室へとやってきた。

「お前ら席に着けー？　授業始めていくぞー」

入学初日は魔力鑑定やカリキュラムの説明のみだった。

二日目の今日から、いよいよ帝国魔法学校の本格的な授業が始まる。

みんなリーザの声を聞いてすぐに席に着き、教材を机の上に並べ、緊張した面持ちで教壇の上に立つリーザを見る。

「全員いるな？　よし、じゃあ今日から本格的に授業やってくぞー。ついてこれない奴は置いてくからなー。真面目に聞いとけよー」

リーザは教室全体を見渡し、生徒たちの真剣な表情に一瞬満足そうに口元を歪めたあと、授業に入っていく。

生徒たちは姿勢を正し、リーザの言葉を集中して聞きながら、ノートにペンを走らせる。

「今日やるのは魔力操作の練習だな。知っての通り魔力ってのは魔法を使う上で最も重要な要素だ。これがなきゃ、魔法使いにはなれないし、これの操作がままならなきゃ、一端《いっぱし》の魔法使いとは呼べない。熟練した魔法使いは自らの体の中の魔力をしっかりと認識し、自在に操ることができるようになるんだ」

そう言ったリーザが徐《おもむろ》に右手を前に出した。

そしてその手の中に、球体の魔力の塊を生み出す。

「これを前方に向かって放てば魔弾になる。お前らも使える最も基礎的な攻撃魔法だな。だが、攻撃手段がこれだけだとあまりに芸がない。見てろ……魔力操作が上手くなるとこんなこともできるようになるんだ」

リーザが手の中の魔弾を、槍の形に変えた。

「魔槍《まそう》だ。先程の魔弾を槍の形に変えた。魔力を操作することによってな」

「「「おぉおおお!!」」」

生徒たちからどよめきの声が起こる。

「こんなものじゃないぞ」

リーザは魔力を操作し、魔弾の形を次々に変形していった。

槍の形。剣の形。弓矢の形。

変幻自在に形を変えるリーザの魔力を、生徒たちは唖然とした表情で見つめている。

「とまぁ、こんな感じだな。お前らも卒業する頃にはこれくらいはできるようになってるはずだ」

「すげぇえ!」

「やるなぁ!」

「マジかよ!!」

「やっぱり魔法教師ってすげぇんだ!」

パチパチパチパチパチパチ。

リーザの魔法技術に拍手喝采が起きる。

生徒たちの拍手に包まれてリーザは悪くないといった表情を浮かべている。

「それじゃあ、早速お前らにもやってもらおうか。まずは魔力の塊を発現させろ。自分の体の中に流れる魔力をよく意識して、その形を意識的に変えるんだ。そうすることによって発動後の魔法に影響を与えられる」

魔力操作の実践授業が始まった。

生徒たちは、自分の目の前に作り出した魔力の塊の形を変えようと四苦八苦している。

「くそ……全然上手くいかない……」

「どうすればいいんだ……？」

「魔力の流れを意識する……？　一体どうやるんだ？」

「難しいな……全然できない……」

仮にも難関である帝国魔法学校の入試を突破した生徒たちだ。

流石に魔力の塊を作り出し、それを維持できないような生徒は一人もいないようだった。

しかし、いざ魔力を操作して一度生み出した魔力の塊の形を変えようとすると、なかなか上手くいかずにほぼ全員が苦戦しているようだった。

少し要領の良い生徒は、球体の形を多少変えることに成功しているようだが、それでも実践レベルからは程遠い。

「ふむ……こんなものか……まぁＤクラスだからな。最初から期待はしていない」

苦戦している生徒たちを見て、リーザはため息を吐いてそんなことを言った。

「くっそ……」

「絶対に成功させてやる……」

失望したようなリーザの表情に火をつけられた生徒たちが躍起になって魔力の塊の形を変えようとするが……

「くっ……目眩《めまい》が……っ」

「これ以上は魔力が持たないっ」

「魔力操作に集中しすぎると塊の維持が……っ」

逆に繊細な動きができなくなっていた。

魔法の維持に必要な魔力を途切れさせてしまい、せっかく作った魔力の塊を霧散させてしまっている。

「やれやれ……先が思いやられるな……はぁ」

それを見てリーザはますます重いため息を吐いている。

「うぅ……だめだ……全然できないよぉ……」

傍からそんな声が聞こえてきた。

見れば、俺の隣で魔力操作に挑戦しているニーナがすっかり困ったような表情を浮かべていた。

「どうやればいいんだろぉ……ルクス。そっちはどう？」

ニーナもまた魔力の操作に苦戦しているようだ。

魔力の塊を生み出し、魔力を注いでそれを維持するところまではできているのだが、魔力を操作して塊の形を変えるところまでは至っていない。

頑張ってはいるようだが、自分の魔力の流れをまだ十分に認識できていないように俺には見えた。

「私は全然ダメ……どうやったらできるの？」

「いきなり魔法に影響を及ぼそうとしないで、まずは自分の体の中の魔力の流れを認識するところから始めたらいいんじゃないか？」

「えっ」

俺がそう言うと、ニーナが驚いたように俺を見た。

「もしかしてルクスできるの!?」

「ああ。できるぞ」

俺が頷くと、ニーナは目を丸くして食い気味に言ってきた。

「み、見せて……！　お手本にしたい」

「おう、いいぞ」

俺が何年も前にすでに習得し、完全にものにしてしまった魔力操作による魔法変化をやろうとしたその時だった。

「おい、どうした？　お前はやらないのか？」

リーザがこちらにつかつかと歩み寄ってきて、俺を見下ろしてきた。

「みんなを見ろ。筋は悪いが一生懸命取り組んでいる。お前も休んでないで早くやったらどうだ？」

「今からやるところだったんです」

「ふむ。そうか。それじゃあ、見せてみろ」

リーザが腕を組んでまるで試すような視線を俺に向けてくる。

俺はそんなリーザの前で魔法を発動し、手頃なサイズの魔力の塊を生み出した。

「ほう……なかなかの魔法発動速度だな。あの魔力量は宝の持ち腐れでもないらしい」

リーザが俺の魔法発動の速度を見てそう評価する。

「ありがとうございます」

俺はお礼を言いながら、魔力操作を行い、目の前の魔力の塊に干渉する。

手に取るようにわかる魔力の流れを操作して、その形を自在に変化させる。

「わあああああ!!」

そんな声がニーナから上がった。

初めは球体だった魔力の塊は、先程リーザがみんなの前で実践してみせたように、剣の形、槍の形、弓矢の形などを次々に取っていった。

「ぉおおおおお!!」

「すげぇえええええ!!」

「マジかよ……!」

「完璧じゃん……」

「せ、先生のより早くないか……?」

ニーナの驚きの声で異変に気づいた他の生徒たちが、魔力操作の手を止めて俺の方を見る。

そして俺の目の前で数秒ごとに形を変える魔力の塊を見て、目を剥き驚きの声を上げる。

「これでどうでしょうか」

一通り、様々な形に魔力の塊を変化させた俺は、口を半開きにして呆気に取られているリーザに確認した。

「……！」

我に返ったように慌てて半開きだった口を閉じたリーザは、威厳を取り戻すように咳払いをした。

「な、なかなかやるようだな……！　だが、まだ未熟な点もある……か、完璧ではない」

「そうですか」

「そ、そうだ……！　た、確かに今の時点でそれだけできれば上出来だが、改善点はある。決まりきった武器の形だけではなく、自分の好きな形に魔法を変化させることができてこそ、魔力操作を完璧にマスターしたと言え」

「それってもしかしてこういうことですか？」

俺は魔力の塊にさらに手を加えた。

リーザやニーナ、そしてクラスメイトたちが見守る前で、魔力の塊はみるみるその形を変えていく。

「なっ⁉」

リーザの目が驚きに見開かれた。

俺はリーザの顔の形そっくりに変化した魔力の塊を、本人の顔の前へ持っていく。

「「「すげえええええ⁉」」」

「「「まじかよぉおおお⁉」」」

クラスメイトたちからほとんど悲鳴にも似た声が上がる。

「り、リーザの先生の顔の形を作るなんて……」

「魔力であんなこと可能なのか!?」

「一体どこまで魔力操作に精通すればあんなことができるんだ!?」

「あんなの見たことねぇよ!?」

「し、信じられねぇ……!」

パチパチパチパチパチ……!!

Dクラスの生徒たちが立ち上がり、俺に向かって拍手を送ってくる。

「な……あ……っ」

リーザはしばらくの間、魔力でできた自分の顔を呆然と眺めていたが、やがて我に返り、一瞬悔しげな表情で俺を睨む。

そして踵《きびす》を返し、教壇の方へと歩いていったのだった。

魔力操作の次の授業は、外で行われるようだった。

総勢三十名程度のDクラスの生徒たちは、リーザに率られ、魔法訓練用の広場までやってきている。

「何するんだ?」

「さあ」

「まさか魔法戦の実践授業とか?」

「いきなりか?」

「流石にそれはないだろ」

「でも帝国魔法学校ならあり得るような……」

生徒たちから様々な憶測が飛ぶ中、俺は広場をぐるりと見渡した。

少し離れたところに、立派な剣を携えた老年の男が立っていた。

なかなかの強者の覇気を感じる。

広場をどんどん歩いていくリーザは、その男の元まで俺たちを先導し、足を止めて振り返った。

「今からお前たちにここで受けてもらうのは剣の授業だ」

「は？」

「え？」

「まじ……？」

「なんで……？」

「魔法使いなのに……剣？」

「どういうことだ？」

突然そう言い放ったリーザに、生徒たちが怪訝《けげん》な表情で首を傾げる。

「なぜ魔法使いなのに剣の授業をするのか。諸君はきっとそう思ったことだろう。今から理由を説明する」

リーザはDクラスの生徒たちをぐるりと見渡し、問いかける。

「ではここで質問だ。魔法使いの最大の弱点はなんだと思う？」

「「「……？」」」

生徒たちが首を傾げる。

誰もリーザの問いに答えようとする者はいない。

「正解した者には授業態度で加点してやる」

「「「……！」」」

リーザがそう言うと、ちらほら手を挙げる生徒が出てきた。

「そこ。答えてみろ」

「魔力切れ、ですか？」

「違う。不正解。じゃあ、お前」

「えーっと……その……不意打ち？」

「違うな。一流の魔法使いは索敵魔法を使うから不意打ちなど滅多に喰らわん。他の奴」

リーザが生徒たちを見渡す。

「は、はい……！」

俺の隣で勇気を振り絞ったような声が聞こえた。

ニーナが、必死の表情で手を挙げている。

「なんだ？　言ってみろ」

リーザが、手を挙げているニーナに顎でしゃくって答えを促す。

「近接戦闘……でしょうか？」

「ほう」

リーザがなかなかやるなという表情になる。

「正解だ。よく勉強しているな」

「やったっ」

ニーナがガッツポーズを取る。

それから得意げな表情で俺を見てくる。

「流石だな、ニーナ」

「あ、ありがとう」

なんとなく褒めてほしそうだったのでそう言うと、ニーナは少し頬を赤くして俯いた。

「今正解が出たように、魔法使いは近接戦闘に非常に弱い。昔はそれでも魔法使いはいいとされていたんだがな……最近では、一流の魔法使いには近接戦闘においても強いことが求められるようになった。そこで、今年から、剣術の授業もカリキュラムに組み込まれることになったんだ」

そう言ったリーザが、背後に控えていた老年の剣士に頷いた。

老年の剣士は、老いを感じさせないしっかりとした歩みでリーザの前に出てきてDクラスの生徒たちを見渡した。

「紹介しよう。今日からこのクラスの剣の授業を担当してくれるクルゼフさんだ」

「ご紹介に与《あずか》りました、クルゼフです。みなさんどうぞよろしく」

老年の剣士……クルゼフが胸に手を添えてお辞儀をする。

「クルゼフさんは王国からやってきた魔剣術の使い手だ。若い頃は様々な武勲《ぶくん》を立てて王国の魔剣術協会から勲章を授与されている。きっと多くのことをお前たちに教えてくれるはずだ。心して授業を受けるように」

リーザにそんなことを言われ、生徒たちはクルゼフの方を見た。

クルゼフはDクラスの生徒たちの視線を受けて、にっこりと微笑んだ。

「みなさんよろしくお願いします。老いた身ですが、精一杯頑張りますので。みなさんが近接戦闘を克服し、完璧な魔法使いになるためのお手伝いができるのであれば、これより光栄なことはありません」

クルゼフの口調には、強者に特有の優しさのようなものが感じられた。

きっと若い頃は本当に実力のある強い剣士だったのだろう。

「それじゃあ、お前ら。早速だが、授業を始めていくぞ。クルゼフさん、お願いします」

「はい……承りました」

クルゼフが頷き、今日の授業内容をみんなの前で説明する。

「いきなりで恐縮なのですが、これからみなさんに、少々私めとお手合わせをしていただきたく存じます。剣を教えるために、みなさんの現在の実力が知りたいのです。この木刀でもって、みなさんは私に全力でかかってきてください。私の方からみなさんに攻撃することはございませんので」

クルゼフが生徒たちの前で木刀を掲げながらそう言った。

「マジか……」

「いきなり実戦か……」

「剣なんて握ったこともないぞ……」

「おい誰か行けよ」

「お前が行けって」

「剣の勉強なんて今まで一度もしたことないのに……いきなりは無理があるよ……」

いきなりの模擬戦形式の授業に、これまで魔法しか学んでこなかった生徒たちは怖気づいているようだった。

「さあ、誰でも構いません。一番最初に名乗り出てくれる方はおりませんか？」

クルゼフがそう言って最初に模擬戦をやる生徒を探しても、誰一人名乗り出なかった。

「この意気地なしどもめ……私が強制的に」

見かねたリーザが、強制的に模擬戦に参加する生徒を選び出そうとする。

「やべっ……」

「当てられたくないっ……」

「嫌だっ……」

「ちょっと男子、名乗り出なさいよ！」

「無茶言うなよ！」

生徒たちはリーザに指されないように顔を伏せている。

「俺がやります」

「え、ルクス⁉」

消極的な生徒たちの態度にますますリーザがイラつく中、俺は徐《おもむろ》に手を挙げた。

それを見たニーナが驚きの声を上げる。

「大丈夫なの⁉」

「まかせろ。剣の扱いは、多分得意な方だと思う」

俺の頭の中に、きっと王国にいるであろう剣の師匠の顔が思い浮かぶ。

「お、ルクス。なんだ、やるのか？」

「はい、やらせてください」

「いいだろう」

リーザが頷いて俺をクルゼフの前へ導く。

「名乗り出ていただきありがとうございます。さあ、これを」

「はい」

俺はクルゼフから木刀を受け取った。

「む……」

クルゼフがじっと俺を見て、目を細めた。

「クルゼフさん？」

「……ああ、いや、すみません。なんでもありません」

一瞬硬直していたクルゼフは、すぐにその表情に柔和な笑顔を取り戻し、オレに向かってにっこり笑いかけてきた。

「安心してください。私から攻撃することはありませんので」

「はぁ」

別にそちらから攻撃してきてもいいのだが、いやむしろそちらの方が面白いんだが、と俺は心の中で思うのだった。

◇　◇　◇

クルゼフは、若い頃は非常に優秀な魔剣術使いだった。

才能に恵まれ、運も味方し、数々の武勲を打ち立てて、王国ではそれなりに名の通った剣士だった。

体が老いてからは剣を教える側に回った。

どうやらクルゼフには剣を教える才能もあったらしく、クルゼフを師範代とする道場の入門生はどんどん増えていった。

やがてそんなクルゼフの名前は王宮にまで届き、クルゼフはとうとう王宮で若き王子に剣を教えることになった。

「歴代最強の王子か……さて、どのようなものだろう」

クルゼフが教えることになる幼き王子アイギスは、すでに長い王家の魔剣術の歴史において間違いなく歴代最強になるだろうと目されている程の才能の持ち主らしかった。

クルゼフはそんな王子に剣を教えられる役目を賜《たまわ》ったことを光栄に感じつつ、果たしてどれ程の才能なのだろうとアイギスに会うのを心待ちにしていた。

「あなたがアイギス様ですか？」

「そうだ。僕がアイギスだ。お前は……ちゃんと僕より強いんだろうな？」

果たして、クルゼフはアイギスと対面し、そして一目で理解した。

アイギス王子は本物だった。

戦ってみなくてもわかる。

歴代最強の言葉が決して誇張表現ではないことを、クルゼフは一瞬にして理解させられた。

クルゼフは現役の頃、モンスター、そして人を問わず様々な強者と剣を交えてきた。

一定のレベルを超えた強者は一目見ただけで見抜ける。

歴代最強の才能の持ち主と謳《うた》われたアイギス・ブリターニャからは、まだ年齢が十歳に達していないにもかかわらず、信じられない程の強者のオーラが発せられていた。

とんでもない才能の持ち主が現れたとクルゼフは思った。

それからクルゼフは王室に与えられた役目通り、アイギスに剣を教えた。

だが、クルゼフは結局その任をたった一カ月で解かれた。

決してクルゼフの教え方がまずかったとか、王族に対して何か無礼を働くなどの失態をやらかしたとか、そういうことではない。

単純に、三カ月で教えることが一切なくなり、クルゼフは辞任したのだった。

天才アイギス・ブリターニャは、たった三カ月の師事で、老いたクルゼフを上回った。

それは驚異的な成長速度だった。

「あのぶんだと……半年後には若い頃の私をも凌駕《りょうが》しているでしょうな……」

クルゼフは清々《すがすが》しい気分だった。

あのような才覚が出てきたからには、王国の未来は明るいと、そんなことを思いながら王宮を去ったのだった。


その後クルゼフは自らが開いた魔剣術の流派の師範代の地位を一番弟子に譲り、隠居生活に入った。

もう剣を教えることがあっても、本格的な魔剣術ではなく、基本的な剣の扱い方や体の動かし方のみにとどめていた。

そうやって今までの生活では得られなかった平穏を享受していたクルゼフだったが、そんな彼の元に弟子からの伝手《つて》である仕事が舞い込んできた。

それは帝国の魔法学校で、魔法使いたちに基本的な近接戦闘のやり方を教えるというものだった。

「面白そうだな」

どうやら帝国の魔法使いたちはようやく実戦における近接戦闘の重要性に気づいたらしかった。

これまでは魔法使いは、前線に立つ騎士たちに守られながら後ろから魔法を撃っていればいいということになっていた。

だが、時代も変わり、魔法使いも護衛なしで戦闘をできなければならないという考え方が主流になってきた。

そうなると必然、近接戦闘の苦手な魔法使いたちはそれを克服しなくてはならなくなる。

そういう文脈から、今帝国は魔剣術が主流の王国からクルゼフのように引退した人材を引き抜き、国内の若手の魔法使いに近接戦闘を教えることに躍起になっているらしかった。

「行ってみるか、帝国」

自分の剣士としての最後の仕事として悪くないとクルゼフは思った。

支払いもいい。

そんなわけで、老剣士クルゼフは、帝国魔法学校で魔法使いの生徒たちに近接戦闘の基礎を教える職務に就いたのだった。

◇　◇　◇

「ふむ……こんなものか……」

クルゼフは、自分の前に整列した魔法使いたちを見て少しがっかりした。

帝国魔法学校での授業初日。

クルゼフは、一学年に四つあるクラスの中でも最も不出来な生徒たちを担当するようだった。

しかし、不出来と言ってもここは大陸に名の轟《とどろ》く魔法使い育成機関、帝国魔法学校である。それなりに優秀な人材に教えることになるのだろうと意気込んでいたクルゼフだったが、はっきり言って期待外れもいいところだった。

まだ学校に通いたてのひよっこということもあるのだろうが、現時点で実戦レベルに到達している強者はほとんどいないように見受けられた。

腕も足も非常に細く、明らかにこれまであまり体を動かしたことのない人種なのが一目見てわかった。

「いきなりで恐縮なのですが、これからみなさんに、少々私めとお手合わせをしていただきたく存じます。剣を教えるために、みなさんの現在の実力が知りたいのです。この木刀でもって、みなさんは私に全力でかかってきてください。私の方からみなさんに攻撃することはございませんので」

クルゼフがそう言って最初に模擬戦を行ってくれる生徒を探しても、全員尻込みしているようだった。

「意気地なしどもめ……こうなったら私が強制的に」

「俺がやります」

担任の女教師が苛立ち、強制的に生徒を模擬戦へ参加させようとしたその時、一人の生徒が手を挙げた。

細身の男子生徒だった。

ほとんどの生徒が、唐突な模擬戦に怖気づく中、その生徒だけは、全く怯えた様子もなく立ち上がり、近寄ってきた。

「名乗り出ていただきありがとうございます。さあ、これを」

「はい」

そしてルクスという名前らしいその男子生徒が木刀を握り、正面に立った瞬間、クルゼフは気圧《けお》されたように感じた。

間違いない。

現役の頃、戦場で幾度となく感じてきた気配。

強者のオーラが、その生徒からは出ていた。

どうやらつい先程までは、自分の気配を隠匿《いんとく》していたらしい。

クルゼフは思わず、ルクスの実力を見極めようと、時間が経つのを忘れて観察してしまう。

「クルゼフさん？」

「……ああ、いや、すみません。なんでもありません」

ルクスに名前を呼ばれ、クルゼフは我に返る。

「安心してください。私から攻撃することはありませんので」

「はぁ」

一瞬、ルクスの表情がつまらなそうに沈んだのをクルゼフは見逃さなかった。

かくしてクルゼフは、ルクスという強者のオーラを身に纏《まと》う生徒と模擬戦闘をすることになった。

こちらからは打ち返さない、とクルゼフは最初に宣言したが、体が反応しルクスに対して反撃してしまうのではないかと気が気ではなかった。

「それではクルゼフさん、お願いします。おい、ルクス。しっかりやれよ」

「……はい」

「では両者構えて……始めっ！」

担任教師の合図で模擬戦闘は始まった。

戦闘が始まると、ルクスは非常に無造作に間合いを詰めてきた。

「……！」

クルゼフは目を見張った。

ルクスの距離の詰め方には、全くぎこちなさがなかった。

近接戦闘に慣れていない者が一番苦手とするのが、相手との距離の詰め方だ。

相手の反撃を恐れ、恐怖でなかなか前へ進めないのだ。

しかしルクスは、全く臆することなくクルゼフへと向かって進んできた。

その足取りは、決してクルゼフが反撃しないと宣言したゆえに、全く無防備な状態で単純に距離を詰めてきている……というわけではなかった。

むしろ重心に一切のぶれがなく、四方八方、どこからの攻撃にも対処できるようなそんな足の運びに見えた。

「……っ」

あっという間にクルゼフとの距離を詰めたルクスが、クルゼフに対して最初の一撃を繰り出す。

単純な、上段からの振り下ろし。

ガン！

クルゼフの木刀とルクスの木刀が当たり、鈍い音が鳴る。

軽く振られたように見えたが、なかなかに重い、いい一撃だった。

ルクスは続け様にクルゼフに対して攻撃を仕掛けてくる。

カンカンカンカン!!

木刀と木刀が交わる乾いた音が、広場に連続して響く。

いくら老いたとはいえ、元はそれなりに名を馳せた剣士のクルゼフだ。

流石にルクスの剣を受け止めきれず、もろに喰らってしまうということはなかった。

しかし、ルクスの攻撃は一見適当に、気まぐれに繰り出されているように見えて、実は非常に効果的な連撃となっていた。

相手の重心の動きをよく観察し、相手が嫌がる攻撃箇所に的確に剣を叩き込んできていた。

クルゼフはなんとかルクスの攻撃をすべて受け止めていたが、体が右へ左へと幾度となくよろけてしまった。

（凄まじいな……まさか誰にも師事することなくこれだけの技術を……？）

クルゼフは最初、反撃をしないと自ら宣言したが、仮にそのルールがなかったとしても、魔力を使わない状態では、身を守るのが精一杯でたった一度の反撃すらすることができなかっただろうと、そんなことを思った。

(少し卑怯に思われるかもしれませんが……流石にこのままだと格好がつきませんのでな……申し訳ないルクスどの)

クルゼフは少々卑怯だと思いながらも、魔剣術を使うことにした。

このままではそのうちルクスの攻撃を防ぎきれなくなり、その身に一本を受けてしまうかもしれなかった。

そうなれば、近接戦闘を教える役目を担う者としてあまりにも格好がつかなくなってしまう。

情けない姿を晒《さら》さないために、クルゼフは多少卑怯だと自覚しながらも、魔剣術の最も基礎的な技術である身体強化を使うことにした。

体内に魔力を巡らせ、飛躍的に身体能力を向上させる。

カンカンカンカンカンッ!!

「素晴らしい剣の才能です、ルクス。さあ、もっともっと向かってきなされ」

魔力による身体強化を使用したことで、ルクスの攻撃を受け止めるのに余裕が出てきた。

クルゼフはもっとルクスの力を引き出したいと思い、ルクスに全力で挑んでくるように促す。

「……それ、もしかして使ってますか?」

「……!?」

ルクスが不意に動きを止めてそう言った。

クルゼフの体の中心……魔力の根源があるであろう辺りをじっと見つめ、疑り深いような目線を向けてくる。

「なんと……！　わかるのですか……⁉」

クルゼフは驚いた。

体の中に流れる魔力の存在を感知するのには、魔剣術使いとして相当な技量が要求される。概《おおむ》ね、体の外に出る魔力を認識し、操ることを専門とする魔法使いには、体の内部の魔力の存在は見破られることがないだろうとたかを括っていた。

だがルクスは、クルゼフが体内に魔力を巡らせたことを簡単に見破ってきた。

クルゼフは信じられない思いだった。

「クルゼフさん？　どうかしたんですか？」

「なんだ……？　二人とも動きを止めたぞ……？」

「行け！　ルクス‼　なんか知らんがめっちゃ押してるぞ！」

「ルクスの動きすげぇ！　本物の剣士みたいだ！」

「いけー！　ルクス！　もう一息だ！」

「なんでお互いに見合ってるんだ？　まさかこれが達人の駆け引きって奴なのか？」

「二人ともどうしたんだ？」

一方で何が起きているかわからない周りの魔法使いたちは、二人がいきなり動きを止めたことに困惑しているようだった。

ルクスはクルゼフの魔力の根幹の部分をじっと見つめ、それから顔を上げて言った。

「俺も使っていいですか？」

「は……？」

「そっちが使っていいのなら、俺も使ってもいいですよね？」

「……？」

まさか身体強化のことを言っているんじゃないよな、とクルゼフは思った。

まだ魔法使いとしてすら未熟な者に、魔剣術の技術である魔力による身体強化が使えるはずがない。

そう思った矢先……

「……!?」

ルクスの体全体に魔力が満ち始めた。

魔力の根幹より流れ出た魔力が中心部から、手足の先まで全身に行き渡り、身体能力を飛躍的に向上させた。

そのことがクルゼフには理解できた。

「あ、あり得ない……一体どうやってその技を……？」

クルゼフが声を震わせながらルクスにそう問いかけた。

ルクスがなんでもないように言う。

「とある人から教えてもらったので」

「と、とある人……？」

「名前は明かせないですけど……俺の剣の師匠です」

そう言ったルクスが地面を蹴った。

（速いっ！）

先程とは比べ物にならない速さだった。

ガガガガガガガガガガン!!

一気に距離を詰めてきたルクスが、身体強化の恩恵を存分に生かし、目にもとまらぬような連撃を繰り出してくる。

自身も魔力による身体強化を使ったにもかかわらず、クルゼフの守りが崩れかかる。

「うおおお!?」

「すげぇ！」

「速いっ!?」

「マジかよ!?」

「ルクスってこんなに剣がうまかったのか!?」

「なんだこの打ち合い!?　本格的すぎる!?」

「二人とも本気なのか!?」

「もう模擬戦の域を完全に超えてるぞ!?」

周囲の生徒たちから歓声が上がる。

本物の魔剣術使い同士の本気の戦いよりもレベルの高い模擬戦を繰り広げる二人に、生徒たちは驚き、そして熱狂していた。

ガガガガガガガガン‼

(くっ……なんて重く速い剣なんだ……このままでは……)

クルゼフは、素早く、そして重いルクスの剣をなんとか防いでいた。

だがそれでもジリ貧で、このままいけば負けてしまうのは自明だった。

反撃できたとしてもその隙すらなかっただろう。

大人気なく身体強化を使ったにもかかわらず、クルゼフはこれから近接戦闘を教えていくはずの生徒たちの前で醜態《しゅうたい》を晒しそうになっていた。

(この隙のない剣はどこかで……)

必死になりながらルクスの攻撃を防ぐうちに、クルゼフはあることに気がついた。

ルクスの剣は誰かと似ている。

全く同じ剣の持ち主と、自分はどこかで戦ったことがある。

誰だろう。

そう考えていたクルゼフの頭の中に、一人の天才の顔が思い浮かんだ。

(アイギス王子……!　そうだ、この剣はアイギス王子のそれに酷似している……！)

王宮でたった三カ月間、アイギスに剣を教えただけのクルゼフだが、天才と呼ばれた王子の剣は衝撃的すぎてその体に今でも染み付いている。

目の前のルクスの振るう剣は、王宮で幾度となく模擬戦を行ったアイギス・ブリターニャの剣に信じられない程酷似していた。

（まさか……この男はアイギス様と同格の、いやそれ以上の才能の持ち主ということなのか……）

それならば自分が勝てないのも当然だと、クルゼフは思った。

結局その後、クルゼフが生徒たちの前で醜態を晒すことはなかった。

クルゼフに限界が近づいた時、ルクスがもう必要ないとばかりに攻撃の手を止めたからだった。

「はぁ、はぁ、はぁ、はぁ……」

「……」

打ち合いが終わってみると、クルゼフは息を切らし、一方ルクスの呼吸は全く乱れていなかった。

「「「うおおおお!!」」」

「「「すげえええええ!!」」」

模擬戦が終わると二人に対して割れんばかりの拍手が送られた。

ルクスは特に無反応で、木刀を置いて元の場所に戻っていく。

クルゼフはそんなルクスの後ろ姿を見ながら思った。

少なくともあの生徒に関しては、自分が教えることは何もなさそうだ、と。

◇　◇　◇

「ガレス様。ルクス様は無事に帝国魔法学校に入学したようです」

玉座に座っている皇帝ガレスの前に、従者が傅《かしず》いていた。

ガレスの命令で動いている手下の一人であり、主に皇子たちの動向を監視し、報告する命《めい》を帯びている男だった。

男はルクスが帝国魔法学校に入学し、Dクラスへと配属さたことを皇帝ガレスへと報告していた。

「ほう。ルクスは入試を突破したのか」

「そのようです」

「面白い……たしか、デーブがルクスに対して仕掛けていたな。一体どのようにルクスはデーブの仕掛けを掻い潜ったのだ？」

皇帝ガレスはすでにデーブがルクスの入学試験に対して介入を行い、ルクスを入試で落とそうと画策していたことを知っていた。

その上で皇帝はデーブに対して何も処分をせず、ルクスに対して情報を与えることもしなかった。

皇帝ガレスは、これも皇子同士の次期皇帝の座を巡る権力闘争の一環であると捉えており、あくまで自身は何も介入せずに静観を維持していた。

皇帝ガレスはルクスがこの局面をどう乗り切るのかに興味を持っていた。

「以前に申し上げたとおり、デーブ様はルクス様の入学試験に対して介入を行い、実技と筆記試験の両方で点数を下げようと工作をしました。筆記試験に関しては介入は成功し、ルクス様の点数は不当に低いものへと改竄《かいざん》されました。ですが実技試験への介入はうまくいかず、ルクス様は実技試験満点という結果を持って入学試験を突破されたようです」

「デーブの工作はルクスには通用しなかったか」

「どうやらそのようです。ルクス様はデーブ様の工作に気がついていませんでした。それにもかかわらず実力で入学試験を突破されたようです。デーブ様のルクス様の実力に対する見立てが少々甘かったようですね」

「ククク…ルクスめ、やりおるな。生まれた時はどうしようもない出来損ないだと思ったが……まさかここまで楽しませてくれる存在になろうとはな」

「いかがいたしましょう、ガレス様。デーブ様のテストへの介入を追及なさいますか？」

「いや、その必要はない。このまま観察を続けろ。デーブとルクスの対決がどのような結末を迎えるのか、何もせずに見守るのだ」

「御意に」

従者は一礼して皇帝の前から姿を消した。

第三話　怪しい噂

帝国魔法学校に入学してから数日が経過した。

学校が休みで後宮に戻っていた俺は、朝から魔法の修業に打ち込もうと思って外に出ようとしたのだが、隣国の王女にして婚約者のエリザベートがなんの前触れもなく押しかけてきた。

「ルクス〜！　会いに来ましたよ〜！」

「エリザベート！」

「またあなたの顔が見たくなってしまって。えへへ」

俺とエリザベートは互いに帝国と王国にいて離れている時は手紙などをやり取りしているのだが、それだけでは足りないのかエリザベートは、こうしてしょっちゅう帝国に一人で押しかけてくるのだ。

出会った時の慎み深い態度はどこへやら、好意を隠そうともせず抱きついてくるエリザベートを俺は抱擁で迎え入れる。

「帝国魔法学校入学おめでとう、ルクス。お母様に挨拶しても？」

「ああ、構わない」

帝国に来たからには母さんに挨拶をしておきたいというエリザベートを、俺は後宮に案内する。

するとたくさんの使用人たちが、たちまち俺の周りに集まってきて、色々と世話を焼こうとしてくる。

「ルクス様、おかえりなさい」

「おかえりなさいませ、ルクス様」

「履き物はそのままで。我々が片付けておきますので」

「ルクス様。小腹は空いていませんか？　よければ食事を作りますが」

「みんなありがとう。でも今のところ、特に用はないな」

騒ぎにならないようにフードを被り、素顔を隠しているエリザベートとともに俺は中へ入った。

特に入り用もなかったので俺は彼らの申し出を断ってどんどん後宮の中を進んでいく。

「随分立場が変わったみたいですね、ルクス」

後宮の使用人たちの恭しい態度を見て、エリザベートがそんな感想を漏らした。

「ああ……誰かさんとの婚約のおかげかな」

「うふふ。もしそれが本当なら嬉しいですよ。婚約者の祖国での地位が上がることは、とても喜ばしいことです」

エリザベートがそう言って笑みをこぼす。

俺はそんな彼女を先導し、後宮の中央右殿へと招き入れた。

「あら、エリザベート様。いらっしゃい。よく来たわね」

「お母様！　突然の訪問すみません。どうしてもルクスの顔が見たくなってしまって」

「いいのよいいのよ。来たかったらいつでも来て。うふふ。健気《けなげ》で可愛らしいわ」

ソーニャは、突然やってきたエリザベートを笑顔で迎え入れる。

ひとしきりソーニャと挨拶などを交わしたエリザベートが、室内を見渡して言った。

「前よりも広く、豪華になりましたね……？　一体何が？」

「そうなの。皇帝陛下の命で、今はここに住んでいるわ。ルクスと、それからあなたのおかげよエリザベート」

「いいえ、私は何も……」

「さあ、さあ、お前たち。もう部屋の掃除はいいから、今は出て行ってください。しばらく誰も部屋によこさないで？　いいわね？」

「「「はい、ソーニャ様」」」

ソーニャが気を利かせたのか、室内にいる何人もの使用人たちを退室させる。

そして自分も、立ち上がって部屋の出口へと向かう。

「お母様？」

「せっかく婚約者が訪ねてきてくれたんだもの。私は邪魔者でしょう？　二人で水入らずの時間をすごしてくださいね」

「いいえ、邪魔だなんてそんな……」

「いいのいいの。それじゃあ、ルクス。しっかりやるのよ。うふふ」

母さんが何やら意味ありげな笑みを俺に浮かべ、それから退室していった。

「「……」」

室内に残された俺たちは、しばらく無言で互いを見る。

気まずい沈黙が、少々続いた。

「あの……ルクス？」

沈黙を破ったのはエリザベートの方だった。

緊張しているのか、少し顔を赤くして、俯き加減に、おずおずと口を開く。

「その……が、学校は楽しい？」

「すまん、エリザベート。母さんが無理やりこんな……」

「う、うん……ちょっとびっくりしました……」

「母さんはちょっと勘違いしているところがあるんだろう。俺とエリザベートは全然そんな感じじゃないのに。二人きりだからっていつも通りだから安心してくれよ？」

「……」

「エリザベート？」

「……それはそれでどうなんですか」

「え？」

「な、なんでもありませんっ。え、えーっと、その、今日来たのは何ていうか……ルクスの顔を見たかったのもありますけど……魔法学校のことを聞きたくて……」

エリザベートがものすごい小さい声で何かを言ったような気がしたが、聞き取れなかった。

俺が首を傾げると、エリザベートは慌てたように俺に学校のことを尋ねてきた。

「学校の方は問題ない。三年間で卒業できると思う。落第して次期皇帝の資格なし、なんてことには絶対にならないから安心してほしい」

「いえ……そのことについて心配してはいません。ルクスは強くて優秀ですから。そうじゃなくて……私が知りたいのは学校での交友関係というか……」

「交友関係……友達、ということか」

俺はここ数日学校であったことを思い浮かべる。

まだ入学して間もない時期だが、すでに友達だと呼べる人間は一人はできた。

どうやら俺が学校でうまくやれているかどうかを心配しているらしいエリザベートを安心させるためにも、友人の存在は伝えておいた方がいいだろう。

「友達はすでにできたぞ、一人だが」

「え……」

「ニーナっていう奴なんだが……。入学式の日に色々あってな。その後のクラスの振り分けでも同じになってそれから今日までかなり親しくやってる」

「ニーナ……それってもしかして女？」

「え……」

エリザベートの目がすぅっと据わった。

部屋の温度が一気に下がったように感じてしまう。

「答えてください、ルクス。そのニーナって……もしかして女ですか？」

「あ、あぁ……そうだが？」

「ふぅん？」

エリザベートが不穏な笑みを浮かべながら一歩距離を詰めてくる。

なぜかはわからないがかつてない圧力のようなものをエリザベートから感じた。

「詳しく話してもらいますよ？」

「お、おう？　別にいいが？」

俺はエリザベートに聞かれるがままに、ニーナとの出会いから現在に至るまでの経緯をやたら詳しく話してみせた。

ニーナの話をしている間、エリザベートはなぜか終始不機嫌そうだった。

「大体話はわかりました」

「お、おう」

「そのニーナという女性とルクスは、あくまでクラスメイト、ひいては友人という関係の域を出ないと、そういうことですね」

「ああ。そうだな」

なぜそんなことをいちいちエリザベートが確認するのかはわからなかったが俺は頷いた。

「……なんだか嫌な予感がします……人を使って調べさせようかしら……」

「え……？　何か言ったか？」

「いえ、なんでもないです」

「……？」

エリザベートが何か小声で言ったような気がしたが、声が小さすぎて聞き取れなかった。

「それより……ルクス。少しあなたの耳に入れておきたい情報があります」

「情報？」

エリザベートが先程とは打って変わって真剣な表情になった。

「魔族が帝国内で動きを見せているという情報があります」

「魔族だって……？」

突然のことに俺は驚く。

魔族は長らく人類と対立してきた種族だ。

人類との大戦争に敗北してからは一度は衰退したが、現在水面下でまた活動を活発化させていると噂されている。

中にはかつて大陸制覇を目論んだ魔王の復活を狙う一派もいるということで、各国の王侯貴族、あるいは皇族たちからかなり危険視されている存在である。

「私たちが帝国内に持っている情報筋から聞いた話なのですが……帝国、それも帝都の中で魔族が水面下で活動をしている痕跡があるとのことです」

「……帝都で魔族が？」

初耳だった。

もし本当ならこれは大変なことだ。

皇帝はこのことを知っているのだろうか。

「帝国のことに関して、これ以上私が言えることはありません。でも、ルクス。私は他の皇子はともかく、あなたが心配です。くれぐれも気をつけてください」

「ああ。忠告ありがとうエリザベート」

俺は俺の身を慮《おもんぱか》ってくれているエリザベートにお礼を言った。

エリザベートたち王家が、帝国内に情報筋を持っているという話に特に驚きはなかった。

帝国だって王国に手駒を送り込んでいるだろうし、そこはお互い様だ。

問題は魔族の動きを、果たして皇帝ガレスが掴んでいるかということだ。

第七皇子の俺では到底及ばない情報収集能力を、皇帝ガレスは持っているため、おそらく魔族の動きも全く知らないということはないと思うのだが……

俺がそう考えていたら、突如部屋の扉が開いた。

「今の話、聞かせてもらいました。エリザベート、貴重な情報をありがとう。ルクス、このことは私から皇帝に伝えておきます」

「母さん、いつの間に⁉」

「エリザベートともう少し話したいと思っていたら、不穏な話が聞こえてきたから、つい入っちゃったの。もちろんあの人は知っているだろうけれど……念のためにね」

エリザベートからもたらされた情報の扱いに悩んでいたところだから、ソーニャが伝えてくれるのは助かるな。

「ありがとう母さん。じゃあ、お願いする」

「ええ。任せて」

ソーニャがにっこりと微笑んだ。

ひとまずこの件はソーニャに任せ、俺は目の前のクラス対抗戦に集中することにした。

エリザベートとの話を終えて俺が部屋を出ると、ソーニャとエリザベートが楽しそうに話し始めるのだった。

◇◇◇

意図せぬ形でなってしまったDクラスのリーダーだったが、しかし任されたからには責務は果たさなくてはならない。

帝国魔法学校に入学してからもうすぐ一週間が経過しようとしていた。

目前に迫ったクラス対抗戦のために、俺は毎日、放課後にDクラスの生徒たちに魔法を教えていた。

「もっと魔力の使い方を効率化しないと。そんな魔弾じゃ簡単に弾かれると思う」

「は、はい……！」

「そっちは魔法の威力に関しては申し分ないと思う。でも発動速度があまりにも遅すぎる。そこを

改善しないと簡単に敵に隙をつかれる」

「わ、わかった……！　頑張ってみる……！」

「えーっと、そっちは……確か防御魔法が苦手なんだっけ？」

「そ、そうなの……攻撃魔法は得意な方なんだけど、防御がどうしても苦手で……」

「そうか……あと数日で防御魔法を習得するのは不可能だから……君は本番はあっちの子と協力して動いてくれ」

「え？　どういうこと？」

「あの子は君とは逆で攻撃魔法が不得意な代わりに防御魔法は得意なんだ。だから二人で行動をともにすれば、一応攻守を役割分担してうまく戦えると思う」

「そ、そっか！　確かに！　わかった、ルクスくん。そうするね！」

放課後の魔法訓練用の広場にて。

俺は生徒たち一人一人の魔法を見て、より強くなるためのアドバイスをする。

魔法の威力が低い者には魔力の効率化を。

魔法の発動速度が遅すぎる生徒には、魔法発動速度の短縮を。

そして攻撃魔法、あるいは防御魔法が極端に不得手な者には、弱点を補えるようなパートナーを探し、バディを組ませる。

そうやって、間近に控えたクラス対抗戦に向けてできる限りのことをやっていく。

「そうだ。みんなすごくいい感じだ」

クラスメイトたちはリーダーの俺を信用してくれているのか、素直に指示に従ってくれるし、集中して魔法の訓練に取り組んでいる。

その甲斐あってか、わずか五日間程の間に、生徒たちの魔法の実力は飛躍的に向上していた。

「クライン。君がこのクラスでは俺の次に優秀だ。本番では期待している」

「うるせぇ、俺に指図するんじゃねぇ！」

俺とのリーダー競争に負けたクラインも、なんだかんだこうして練習に参加してくれている。

彼はこのクラスにおいて俺以外に唯一、第二階梯以上の魔力を持っている魔法使いであり、実力も俺を除いたDクラスの生徒たちの中では一番だ。

おそらくクラス対抗戦でも、相当な活躍をしてくれるだろうと俺は見込んでいた。

「俺は諦めたわけじゃないからな？　ただ一時的にお前にリーダーをやらせてやってるだけだ。お前なんかすぐに超えてやるからな」

「ああ、期待している」

「ふんっ」

言動は非常に荒々しく、いつも周囲を見下したような態度なので勘違いされやすいが、クラインはクラインでクラスを勝たせるために色々と考えて行動している。

俺は本気でクラス替えを狙っている向上心のあるこのクラスメイトのことを頼もしく思いながら、何やら一人落ち込んでいるらしいニーナの元へと向かう。

「うぅ……ルクスぅ。私ダメかも……」

「大丈夫か？　ニーナ」

「みんなに比べて……防御魔法も攻撃魔法もダメダメだよぉ。これじゃあ、本番じゃあんまり役に立てないかも……」

「いや、そんなことはないと思うぞ」

俺は他の生徒たちに対して劣等感を感じているらしいニーナを励ます。

「確かにニーナは魔法という観点において、今は他の生徒より少し遅れているかもしれない」

「うん……そうだね……」

「だが、座学においては俺を含めてもニーナがクラスで一番だ。ニーナはすでに多人数の魔法戦における基礎理論も学んでいるんだろ？」

「う、うん……一通りは……」

「その知識を、クラス対抗戦では活かすことを考えてほしい」

「私の知識を？」

「ああ」

多人数の魔法戦における基礎理論は、入学式の日に説明された一年生のカリキュラムに含まれていなかった。

つまり二年生以降で習うような非常に高度な知識体系だ。

それをニーナはすでに一通り頭に入れている。

凄まじい座学力だと言わざるを得ない。

これをクラス対抗戦に活かさない手はない。

「ニーナには本番、司令塔になってクラスを指揮してほしい。できるか？」

「ふぇ!?　私が!?」

素っ頓狂な声を上げるニーナに、俺は大真面目に頷いた。

「ああ。ニーナが一番適役だと思う。ニーナ以外に誰も、この役はこなせない。頼まれてくれないか？」

「……っ」

ニーナは少し逡巡したあと、何かを決心したように拳を握り、それから俺を見た。

「う、うん……！　わかった……！　うまくできるかわからないけど、ルクスが言うなら……」

「ありがとう。本番は俺もできる限りの補佐はするからそこは任せてくれ」

「う、うん……！　頼りにしてる」

俺はニーナと握手を交わす。

そんな感じで、クラス対抗戦に向けたできる限りの準備は整いつつあった。

「形にはなりそうだな」

一通りクラスメイト全員にアドバイスを終えて役割などを与えた俺は、広場を見渡す。

みんなが真剣な表情で訓練に励んでいる。

みんながクラス対抗戦で好成績を残すという一つの目標に向かって一丸となって進んでいる感覚があった。

おそらくリーザにあのように扱われたことに対する反骨心も大いに影響していることだろう。

「損な役回りだよなぁ」

誰にも聞かれないように俺はボソッと呟いた。

クラスメイトの中にはリーザのあの態度を間に受けて、リーザを目の敵《かたき》にしている者もいる。

だが俺はリーザがあの言葉や態度通りの性格の悪い教師ではないことを知っていた。

「……」

チラリと遠くの物陰に視線を移す。

するとさっと誰かが身を隠すのが一瞬見えた。

「なんだかんだあの人も心配なんだな」

リーザが俺たちの放課後の特訓を見守っていることにはずっと気づいていた。

生徒たちの前ではあんなことを言いながら、リーザは熱心に毎日毎日俺たちの特訓を陰ながら見守っているのだ。

リーザなりに俺たちのことを心配している証左だろう。

態度はアレだが、リーザはリーザでいい教師なのだと思う。

「おい、あれ見ろよ！　一生懸命訓練なんかしてるよ！　今から何をやったところで意味なんてないのになぁ!?」

俺が真剣に魔法の訓練に励んでいるクラスメイトたちを見て頼もしさを感じていると、突然後ろからそんな声が聞こえてきた。

振り返ると、十名弱の生徒たちが、まるで小馬鹿にするような笑いを浮かべて俺たちのことを指さしていた。

「何か用か？」

俺がそう言うと、そいつらは顔を見合わせてくすくすと笑ったあと、悠々とこちらに向かって歩いてきて俺を取り囲んだ。

「よお、皇子様」

「Dクラスの皇子様、初めまして」

「ご機嫌麗《うるわ》しゅう、無能……おっと、間違えた、第七皇子さん？」

「ククク……こんなところで一体何してるんですか、最下位クラスの皇子様？」

「なんだお前ら」

口々にそんなことを言ってくるそいつらに、俺は白い目を向ける。

俺の正面に立っていたリーダー格っぽい男が、歩み出てきて俺を見下ろしてくる。

「皇子様は僕のことご存知ないかな？」

「知らない。誰なんだ？」

本当に誰だか知らなかったのでそう言うと、男はふっと小馬鹿にしたように息を吐いた。

「弱いくせに、他人に興味がないみたいな態度はよくないですよ？　あなたは最下位クラスの人間なんだから僕のことは知っておくべきだ」

「いや、そんなの知らん。誰なんだ本当に」

「僕はロベルト。ロベルト・シュタイン」

「ロベルト・シュタイン？」

「ええ、そうです。Ａクラスのロベルト・シュタインです。ついでに言うと、今年首席で入学した最優秀の生徒です」

「……へぇ、そうなのか」

そう言われても正直あまりピンと来なかったが、しかし確かにこんな奴が入学式で新入生代表の挨拶をしていたような気がする、と俺はそんなことをぼんやりと思ったのだった。


「それで？　Ａクラスが俺たちになんの用だ？」

「別に？　用はないんですけどね、皇子様」

ロベルトはニヤニヤ笑いながら、広場を見渡す。

「おいおい、どうした？」

「何があったんだ？」

「ルクス？　大丈夫か？」

「ルクスくん？　どうかしたの？」

そうこうしているうちに、Ｄクラスの生徒たちが何事かと俺たちの周りに集まってきた。

「げっ、ロベルト・シュタイン⁉」

「嘘、Ａクラスの⁉」

「首席合格のロベルト・シュタイン!?　どうしてここに……？」

「こ、こいつら……全員Ａクラスじゃないか……！」

集まってきたＤクラスの生徒たちは、ロベルトとその取り巻きたちを見て驚いている。

どうやら彼らは、生徒たちの間でそこそこ知名度があるようだった。

Ｄクラスの生徒に口々に名前を呼ばれ、ロベルトが鼻を高くしてますます俺のことを見下ろしてくる。

「ルクス？　大丈夫……？」

Ａクラスの生徒たちに囲まれている俺を見て、ニーナが心配そうに声をかけてきた。

俺はそんなニーナに、大したことはないという意味を込めて首を横に振った。

「大丈夫だ。どうやらこいつらが敵情視察に来たみたいなんだ」

「敵情視察？　はっ、笑わせないでくれよ」

ロベルトが冗談はよしてくれという表情を浮かべる。

「僕たちはＡクラスだぞ？　この学年で一番優秀な生徒たちの集団なんだ。そんな僕たちがなんで最下層の生徒たちをわざわざ敵情視察なんてしなきゃならないんだ？　馬鹿も休み休み言ってくれよ」

「ギャハハハッ。本当にその通りだぜ！」

「ロベルトの言う通りだ」

「調子に乗るなよ。Ｄクラスのくせに」

「お前らクラス対抗戦本番じゃ、手も足も出ずに地面に這いつくばることになるぜ」

「万に一つもないクラス替えの可能性なんかに賭けないで棄権した方がいいんじゃないか？　ははははは」

Ａクラスの連中は、そんなことを言いながら互いに笑い合っている。

「「「……っ」」」

あからさまに馬鹿にされたＤクラスの生徒たちは、悔しげに歯噛みをする。

完全に喧嘩を売っているＡクラスの連中を睨みつける生徒もいるが、誰も抗議の声は上げなかった。

悔しい気持ちはあるが、しかし内心ではみんな現時点で自分たちがＡクラスの生徒たちに劣っていることを認めてしまっているのだろう。

「言いたいことはそれだけか」

どうやら大した用事もないようだし、これ以上この連中に付き合っていても時間の無駄だと思った俺は、さっさと会話を終わらせようとする。

「用事がないんなら帰ってほしいんだが。俺たちは訓練で忙しいんだ」

「はっ。訓練、ね。悪いけど、無駄な努力だと断言させてもらうよ」

ロベルトが俺と、それからＤクラスの生徒たちを見渡しながら言った。

「君たちと僕らでは立っているステージが違う。どれだけ努力したところで差が縮まることはない。魔法使いの世界において、元々の素地、ポテンシャルがどれだけ大きな意味を持つか、君もよくわかっているだろう？」

「まぁ、そうかもな」

ロベルトの言葉は正しい。

実際、生まれた当初の俺も魔力鑑定の結果から魔法の才なしと断定され、冷遇されてきた。

だが、そこから死に物狂いで努力して次期皇帝の候補の一人にまで上り詰めた。

魔法使いの世界において、生まれ持ったポテンシャルが大きな意味を持つのは理解しているが、しかしそれだけではない。

努力によって才能という壁を越えることは可能なのだ。

「けれど俺たちは勝ちを目指している。やれることはやるつもりだ。お前らになんと言われようがな」

「ああ。そうかよ」

俺がそう言い返すと、ロベルトは少し苛立ったように顔を顰《しか》めた。

俺を睨みつけ、敵対心をあらわにする。

「だったら……思い知らせてやるよ。本当の才能の差って奴を……」

「そうか。こっちも全力でやるから楽しみにしている」

「ふん……必ず吠え面かくことになるよ、ルクス皇子。色々噂を聞いているけど……僕には勝てないよ。僕は〝本物〟だからね」

「……」

堂々と自らが〝本物〟だと言い切るロベルト。

誰からもツッコミは入らない。

冗談だと思ったが、どうやら本人は真剣にそう思っているようだった。

一体どうやったらここまで自信を深められるのかはわからないが、俺は何も言わずに黙っていた。

結局クラス対抗戦での結果がすべてなのだ。

今ここでこいつらと言い争うことになんの意味もない。

変に対立を煽ったりせずに、ここはさっさとお帰りいただいた方がいいだろう。

「わかった。本番で白黒つけよう」

「ふん。言われなくとも。行くよ、君たち」

ロベルトが踵を返して歩き出した。

「じゃーな、雑魚《ざこ》ども」

「せいぜい頑張れよ～」

「悪あがきご苦労さん」

「楽しみにしてるぜ～。お前らがどんな声で鳴くのか」

「身の程をわきまえさせてやるよ。本番が楽しみだ」

取り巻きたちも、それぞれ捨て台詞を残して、ロベルトに付き従い、立ち去っていく。

「なんだあいつら……」

「相当自惚《うぬぼ》れてんな……」

「くそ……あんな奴らに負けたくねぇ……」

「感じわるぅ……」

「くっ……何も言い返せなかった……」

「あー、イライラする」

「絶対に勝ちたい……負けたくない……」

Aクラスの連中の背中が見えなくなったあと、Dクラスの生徒たちは各々のつぶやきに悔しさを滲《にじ》ませるのだった。

第四話　対抗戦

「あれ見て……例の……」

「あっ……ラーズ商会のカイザー様じゃない？」

「クスクス……あの噂の？　笑」

「入学式の日に失禁したって噂は本当なのかしら？」

「直接聞いてみたら？」

「いやよ、突っかかられたら怖いじゃない」

「自分から吹っかけた喧嘩で負けて漏らしたそうよ」

「それが本当ならこれ以上ないぐらいに情けないわね」

帝国魔法学校の廊下を、カイザーは肩身の狭い思いで歩いていた。

すれ違う生徒がカイザーを見て、クスクス笑っている。

あちこちからおそらく自分のものと思われる噂話が聞こえてきていた。

入学式の日に、平民の女に絡み、第七皇子のルクスに一騎打ちで負けて失禁してから、カイザー・ラーズの名前は地に落ちた。

噂はあっという間に学校中に広まり、今ではみんなの笑いものだ。

すれ違う生徒たちは、見せ物を見るような目でカイザーを見るばかりで、もはや彼を尊敬し、畏怖する者は皆無と言ってよかった。

「俺を見るんじゃねぇ⁉　てめーら言いたいことがあるんなら直接言えやぁ⁉」

我慢の限界に達したカイザーが周りに対して怒鳴り、肩を怒《いか》らせる。

威嚇するように周囲の生徒を睨むが、以前のようにカイザーを恐れたりする者は誰もいなかった。

面白いものを見るように遠巻きに、ニヤニヤしながらカイザーのことを眺めている。

「くそっ……この俺を馬鹿にしやがって……クソクソクソクソォおおおお！」

地団駄を踏むカイザー。

周囲は、錯乱したのだと思い笑いながら逃げていく。

「全部あいつのせいだ……あいつさえいなければ……」

カイザーは血走った目で前方を睨みながら、入学式の日のことを思い出していた。

目についた平民の女に絡んでいたら突然割って入ってきた第七皇子ルクス。

無能皇子と呼ばれていることを知っていたカイザーは、まさか負けるはずはないと思い、一騎打ちを仕掛けた。

そして……そこから先は何があったのかは覚えていない。

気がつけば彼は医務室にいて、周囲に馬鹿にされる存在になっていた。

それとなく探りを入れると、自分はあろうことかたくさんの生徒たちの前で失禁して気絶してしまったらしい。

そんなことあるはずない、とカイザーは現実逃避をしていたが、しかし、あの日からあからさまに変わった周囲の態度が、噂が本当だということを暗に肯定していた。

「絶対に殺す……殺してやる……無能皇子の分際で俺に恥をかかせるなんて……許されていいはずがない……」

ラーズ商会の会長の息子であり、魔法の才能に恵まれた自分が無能皇子に負けるはずがない。

現にルクスは最下位のＤクラスに配属されたと聞く。

そんな雑魚に自分が正面から戦って負けるはずがない。

きっと何かイカサマを……例えば魔道具などを隠して使用したに違いない、とカイザーは考えていた。

ルクスは皇族なので、何か高級な魔道具を携帯していてもおかしくないと、カイザーはそう考えることでなんとか自分を保っていた。

「復讐してやる……絶対に……俺が味わったのと同じ屈辱をあいつに……」

復讐の炎を燃やしているカイザーに、背後から近づく影があった。

「随分怒っているようですね？　ラーズ商会のカイザーどの？　げふふふ」

「……？」

カイザーは名前を呼ばれて振り返った。

そこには、不気味な笑みを湛《たた》えた小太りの男が立っていた。

「なんだお前は？」

「ぼくちんはデーブ。デーブ・エルド。この国の第六皇子ですよ」

「……!?」

突然の皇族の登場に、カイザーは驚き慌てふためいた。

お前、などと呼んだ非礼を詫びるべきか、しかし、ラーズ商会の会長の息子としてそこまで下手《したて》に出るべきではないか、などという考えがカイザーの中でせめぎ合う中、デーブが口を開いた。

「噂は聞きましたよ、カイザーどの。随分酷い目に遭ったとか」

「……っ。あんたも俺を馬鹿にするのか」

「まさか。そんなはずありません。むしろ同情しているんですよ」

デーブが真剣な表情で言った。

「第七皇子ルクスは我々皇族の間でも有名なイカサマ師ですよ。あなたがあの無能に負けたのはおそらく何かしらのイカサマがあったからかと」

「……!?　やっぱりそうなのか！」

デーブの言葉は、カイザーにとって非常に都合が良く、カイザーの中にスッと入ってきた。

やはりルクスはイカサマをして自分に勝ったのだとカイザーは思った。

「酷い話ですよねぇ……皇族でありながら、誇り高き魔法使い同士の戦いでイカサマをするなど……恥をかかされたあなたに深く同情しますよ……」

「……っ……あのクソ野郎……やっぱり俺を陥れて……」

「復讐、したくはありませんか？」

デーブがカイザーをじっと見つめながら言った。

「不当な手段で魔法戦に勝利し、あなたに恥をかかせたルクスに復讐する機会が必要じゃありませんか？」

「ああ、復讐したい。あのクソ野郎を俺と同じ目に遭わせたい……いや、それ以上だ……俺はあいつを殺したい……」

カイザーの中でルクスに対する復讐心がどんどん強くなっていった。

デーブのおかげでルクスがイカサマをして自分との勝負に勝ったとわかった今、カイザーの中でルクスに対する憎しみがこれ以上ないぐらいに膨らんでいた。

顔を真っ赤にし、目を血走らせるカイザーを、デーブはじっと冷たい瞳で観察していた。

「ぼくちんもあのイカサマ師にはそろそろ天誅《てんちゅう》が降ってもいいと思っているのですよ。もし復讐がしたいなら、その手助けをさせてはくれませんか？」

「手助け？」

「これを」

デーブが何かをカイザーに差し出した。

それはカイザーが見たこともないような魔道具だった。

「これは……？」

「魔道具です。これがあれば、ルクスがイカサマに使っている魔道具を封じられます。魔道具封じのための魔道具です」

「魔道具封じのための……」

「これを使えばルクスは十八番《おはこ》であるイカサマが使えなくなる。そうすれば純粋な実力であなたはルクスに復讐ができるでしょう」

「……！」

カイザーの顔が歓喜に変わった。

自分の前に這いつくばる憎きルクスの姿をその頭の中に思い浮かべ、早くその瞬間を拝みたいという衝動が抑えられなくなる。

「一年生は……もうすぐクラス対抗戦ですね？　賢明なあなたなら、それが絶好の復讐の機会だとわかるはずだ……」

「ああ……そうだ。その通りだ……」

カイザーが頷いた。

「それでは、ご武運をお祈りしていますよ」

デーブが、カイザーに背を向けて歩き出した。

「これでルクスを殺す……ルクスを殺す……俺と同じ目に遭わせて殺す……殺す殺す殺す……ククククク……」

カイザーは何かに取り憑かれたように、手の中にある魔道具を眺めながらぶつぶつ呟く。

背後から聞こえてくるカイザーの呪詛《じゅそ》のような言葉に、デーブはニヤリと口元を歪ませる。

「あの魔道具でおかしくなった人間はもう二度と正気を取り戻すことはない……つまり口封じも必

要がないのです……ぐひひ……ぼくちんの作戦は完璧なのです……カイザー……あなたにはよく働いてもらいますよ……くひひひひ」

デーブのそんな呟きはもはやカイザーには聞こえていなかった。

◇　◇　◇

クラス対抗戦当日。

今日まで一週間、俺はリーダーとしてできることはしてきた。

最初の頃に比べたら、Ｄクラスの魔法の実力は圧倒的に底上げされているはずだ。

おそらく本番でもそれなりの戦力になってくれると思う。

そしてもちろん俺個人は上のクラスに上がるために、全力を尽くすつもりだ。

担任教師のリーザは、最初のクラス対抗戦でクラスの入れ替えが起ることはほとんど前例がないと言っていたが、俺は不可能だとは思わなかった。

入学試験の時に見た周りの生徒たちのレベルから考えても、たとえ集団での戦いだとはいえ彼らを打ち負かすのはそこまで難しくないように思えた。

最下位クラスに属している現状は、次期皇帝を目指す者としてあまり望ましいものでもないし、ここで圧倒的な実力を示し、上にのし上がる。

俺はただそのことだけを考えていた。

「緊張するね……」

隣にいるニーナが強張った表情で言った。

俺たちは、帝国魔法学校の敷地内にある魔法訓練用の広大な広場に、それぞれのクラスで固まって整列していた。

「やるぞ……」

「ついに本番か……」

「絶対に勝つぞ……」

「今日まで頑張ってきたんだ……ただでは終わらないぞ……」

「厳しい戦いになるかもしれないけど……ルクスくんもいるしみんなで頑張れば……」

周囲のDクラスの生徒たちのつぶやきが聞こえてくる。

みんな緊張気味だが、気合十分といった表情だった。

俺は彼らから、他のクラスの生徒たちに視線を移す。

「「「……」」」

余裕綽々《しゃくしゃく》。

上のクラスの生徒たちは、まさにそんな表情だった。

どうやら前評判通り、このクラス対抗戦でクラスの入れ替わりが起こるとはほとんど誰も思っていないようだ。

今日まで一週間、俺たちDクラスは毎日放課後に訓練場で練習を重ねてきたが、他のクラスの生徒たちが魔法の鍛錬をしているのはほとんど見かけなかった。

おそらくDクラスなどに負けるはずがないとたかを括っているのだろう。

……油断している敵を倒すこと程容易いことはない。

彼らが俺たちを侮っているのなら、むしろ好都合だ。

俺は整列する他クラスの生徒をざっと眺める。

どのクラスの生徒も、俺と目が合うと威嚇をしてきたり、余裕そうな笑みを浮かべたりする。

そんな中で、俺はBクラスの陣営にカイザーの姿がないことに気がついた。

こういう時、真っ先に突っかかってきたり睨んできたりするのはあいつだと思っていたのだが、なぜか姿が見えなかった。

そのことが心に引っかかった。

「入学式ぶりだな、諸君」

やがて整列する俺たちの前に、理事長のオズワルドが現れた。

Aから Dまでの生徒たちを見渡し、それからクラス対抗戦の開催を宣言する。

「入学式でも言ったように今日は諸君にクラス対抗戦を行ってもらう。ルールは非常に簡単だ。それぞれのクラスに、陣地が割り当てられ、生徒たちはその陣地から出ることはできない。陣地の中から他のクラスの陣地に向かって魔法を放ち、戦ってもらう」

俺は広場をぐるりと見渡した。

すでにそれぞれのクラスに定められた陣地にラインが引かれていた。

どうやら今日のクラス対抗戦では、陣地から陣地に向かって魔法を放つ遠距離戦がメインになるようだ。

これはまだ入学したばかりの一年生が、近接戦闘が不得手であることに配慮したルールなのだろう。

「魔道具の持ち込みは当然ながら禁止だが、他のクラスと共闘することはルール上問題ない。駆け引きも、立派な戦略のうちだ。ただし、味方だと思っていた者たちに裏切られることがないようにな。ふぉっふぉっふぉっふぉ」

「「「……」」」

オズワルドが笑う。

生徒たちは無言を貫いている。

オズワルドが咳払いをして、ルール説明を続ける。

「それから諸君らには危険がないように、全員にこの守護の魔道具を着けてもらう。この魔道具を身に着けていれば、全身に常に守護魔法が展開される。それをすべて消費してしまった時点でその生徒は脱落となる。つまり、いかにしてこの魔道具による守護の壁を自分の魔法によって守り切るかが、鍵となるわけだな」

オズワルドの指示で、教員たちにより一年生全員に魔道具が配られた。

それは腕輪のような魔道具であり、着けると自分の周りに薄い防御魔法が展開された。

仮に自分の防御を相手が貫通したとしても、この魔道具によって生徒の安全は守られると、そういうことなのだろう。

「言うまでもなく、すべての生徒が脱落した時点でそのクラスは敗北となる。逆にいえば一人でも残っていれば、そのクラスは生き残れるということだ。それぞれが自分の身を守るのか、それとも攻守の役割を分担するのか、あるいは全員で特定の一人を守るのか……色々な戦術が取れよう。創意工夫を凝らし、頑張ってくれたまえ。諸君の健闘を祈っている」

ルールを説明し終えたオズワルドがそう言って下がった。

一年生たちは、それぞれ指定された陣地に移動する。

「いよいよ始まるんだね……」

ニーナがごくりと喉を鳴らした。

「大丈夫だ。あれだけ練習したんだ。きっと努力は報われる」

俺は緊張気味のニーナにそう言って、背後を振り返った。

やる気十分といったクラスメイトたちが、一斉に俺を見る。

俺はそんな彼らを見渡して、一言言った。

「勝とう。必ず。そのためにできる限りのことはしたと思う」

「「「うおおおおおおおおおおおおおおおおおおおお!!」」」

気合の声が上がった。

Dクラスの思いが、勝利へ向けて一丸となる。

「おいおいあれ見ろよ」

「あいつらやる気満々じゃん笑」

「本気で勝てると思ってるのか？」

「バカだなぁ……これから何が起こるのかも知らずに……」

「ククク……無駄なあがきをする奴を見るのは滑稽《こっけい》だな」

他のクラスの生徒たちは俺たちを冷ややかな目で見ていた。

Dクラスごときが何頑張っているのか、とでも思っているのだろう。

「よし、全クラス陣地に入ったな？」

審判の教員が、すべての生徒がそれぞれ定位置についたことを確認する。

「それでは一年生によるクラス対抗戦……始め!!」

緊張が極限まで高まる。

審判の教員が上げた手を振り下ろし、クラス対抗戦の火蓋が切られた。

次の瞬間……

「「「くたばれDクラスがぁあああああああああ」」」

「「「Dクラスに一気に畳みかけろぉおおおおおおおお!!」」」

「「「死ねやDクラスの雑魚どもがぁあああああああああ!!」」」

他の三クラスの攻撃魔法が、一斉にDクラスの陣地に集中した。

「はぁ!?」

「嘘だろ!?」

「冗談だろ!?」

「まずい!?」

「くるぞぉおおおおおお」

陣地内のあちこちから悲鳴のような声が上がっている。

配置についたDクラスの生徒たちは、他のすべてのクラスの陣地から集中して飛来する無数の魔法にただ立ち尽くし呆然としている。

何が起こっているのか咄嗟に理解できていない生徒も多いようだ。

「なるほど……談合か」

俺は一瞬の間に、現状をそう結論づけた。

Dクラス以外の三つのクラスによる談合。

勝負が始まった瞬間、全員でDクラスを攻撃して、先に潰す。

そうすれば、最下位は回避できる。

俺たちの知らないところでそういう計画を立てていたのだろう。

「魔壁」

現状を冷静に分析しながら、俺は防御魔法を展開する。

自分だけでなくDクラスの陣地全体を守れるような巨大な防御魔法だ。

ドガガガガガガガガガ!!

Aクラス、Bクラス、Cクラスの三つの陣地から一斉に飛来した無数の攻撃魔法が、俺の展開した防御魔法に阻まれ、魔力爆発を引き起こす。

「なんだと!?」

「防がれた!?」

「なんだあの魔法は!?」

「あんな巨大な魔法、見たことがないぞ!?」

他クラスの生徒たちから驚きの声が上がる。

クラス対抗戦が開始された直後の、全員による奇襲を防がれるとは想定していなかったようだ。

「ルクス……？　お前なのか？」

「ルクスくんが守ってくれたの？」

「何が起こっているんだ……？」

「た、助かった……？　なんで？」

背後では、Dクラスの生徒たちが頭上で次々に爆発する他クラスの攻撃魔法を見て戸惑いの声を上げている。

俺は陣地内全体に展開した防御魔法が壊れないように絶えず魔力を注ぎながら、クラスメイトたちに指示を出す。

「他のクラス全員が俺たちのクラスに集中して攻撃してきている。おそらく談合によるものだ」

「「……！」」

「守りは俺に任せてくれ。みんなに魔法が当たらないように防御魔法を維持する。みんなはニーナの指示で攻撃に回ってくれ」

「「……！」」

「わ、わかった……！」

「了解だ！」

「よ、よし……ルクスが守ってくれている間に……！」

「みんなやるぞ！　反撃だ!!」

他クラスの談合による突然の集中砲火に戸惑っていた生徒たちは、ようやく状況を理解し、態勢を立て直す。

「みんな！　訓練通りにやろう！　守りはルクスがやってくれるから……私の指示通りに攻撃をして！」

クラスで唯一魔法戦における集団戦の基礎を学んでいるニーナが指示を出し、Ｄクラスによる反撃が開始された。

「くっそぉおお！　俺たちばっかり狙いやがって!!」

「残念だったな！　不意打ちで全員仕留めるつもりだったんだろうが、こっちにはルクスがいるんだよ!!」

「いけえええ！　俺たちの訓練の成果を見せてやれ!!」

「舐めやがって！　俺たちＤクラスは雑魚じゃないってことを証明してやるよぉおおおおおおお!!」

ニーナの指示により、Ｄクラスの反撃が始まった。

守りはすべて俺が担当している分、他の生徒は攻撃だけに集中できる。

その結果、かなりの火力の魔法が他の陣地に向かって注がれた。

「くっ、Ｄクラスの奴ら、反撃してきやがったぞ！」

「あり得ねぇ!?　どんだけ堅いんだよあの防御魔法!?」

「あんなでかい魔法をこんなに維持するなんて……魔力底なしかよ!?　一体誰の仕業《しわざ》なんだ!?」

「おいおいおい冗談だろ!?　開幕早々Ｄクラスを全員仕留めるんじゃなかったのか!?　話が違うぞ!?」

他クラスはＤクラスからの反撃に、明らかに動揺しているようだった。

こちらからの反撃は全く想定していない攻撃特化の陣形になっており、その結果、Ｄクラスの生徒たちの反撃の第一波で、何名かの生徒が魔道具の守護壁をすり減らし脱落していく。

「くそっ、魔道具の守護がなくなった!?」

「ここで終わりかよ!?」

「ちくしょう！　反撃を想定していなかった……」

「あ、あとは頼んだぞ……！　なんとしてでも最下位だけは避けてくれ!!」

魔道具の守護を完全に使い果たした生徒たちが、悔しげな表情で陣地を出る。

「いい感じだ、みんな。他のクラスは順調に脱落者を増やしている。その調子で攻撃を続けてくれ」

俺は防御魔法を維持しながら、他のクラスに向かって必死に反撃しているクラスメイトたちにエールを送る。

「なんかいい感じじゃないか!?」

「よし、一人仕留めた！」

「こっちも一人やったぞ!!」

「Aクラスからも脱落者が出たぞ！　いける!!　俺たちいける!!」

「やれるんだ俺たちでも!!」

「信じられねぇ!?　俺たちまだ一人も脱落していないぞ!!」

反撃を受けるなどよほど想定外だったのだろう。

Dクラスの生徒たちは、勢いそのままに他の陣地に対して火力を叩き込む。

クラス対抗戦序盤こそ、想定外の奇襲攻撃を受けたものの、ここまでのところ恐ろしい程に順調に進んでいた。

「ルクス!?　大丈夫!?」

「ん？　何がだ？」

Dクラスの生徒たちに対して一生懸命攻撃の指示を出していたニーナが、俺の元に駆け寄ってきて心配そうに顔を覗き込んでくる。

「ま、魔力は……!?　これだけの防御魔法を維持してるんだもん。もうそろそろなくなるよね!?

そ、その時の作戦はもう考えて……」

「いや、まだ大丈夫だ」

「ふぇ⁉」

「魔力にはまだ余裕がある。そっちは攻撃に集中しておいてくれ」

「お、おかしいよ⁉　絶対に痩せ我慢だよね⁉」

ニーナが正気を疑うような目で俺のことを見てきた。

「こ、これだけの大魔法をずっと使い続けるなんて、伝説の大賢者でも無理だよ⁉　も、もうそろそろ魔力の限界だよね⁉」

「全然そんなことないが」

「どんな魔力量してるの⁉」

ニーナが目を剥いている。

そして、その間にもDクラスの生徒たちは他クラスに向かって手を緩めることなく攻撃を撃ち込み、脱落者を積み上げていっていた。

そして他クラスがこちらに放ってくる魔法は、俺の防御魔法に阻まれて頭上で魔力爆発を起こし、霧散する。

「し、信じられない……ルクスって、な、何者なの？」

「この国の第七皇子だ」

「そういうこと聞いてるんじゃないよ⁉」

ニーナが頭を抱えて大声を上げる。

どうやら俺の魔力が切れないかどうか、相当心配らしい。

「いや、本当に俺の魔力は大丈夫だ。まだ余裕はある。それに……もうすぐ防御魔法は必要なくなる」

「どういうこと……？」

ニーナが首を傾げた直後のことだった。

「うおおおお⁉」

「おいおいおいおいおい⁉」

「てめーら何してくれてんだ⁉」

「ふざけんな⁉　どうしてこっちに魔法を撃ってくる⁉」

右斜め前方のCクラスの陣地から悲鳴のような声が上がった。

隣の陣地であるBクラスが、Cクラスを横から攻撃し始めたのだ。

突然の裏切り行為に、Cクラスの生徒たちが次々に脱落していく。

「始まったな」

「な、何が……？」

状況がよく呑み込めていないらしいニーナに俺は言った。

「仲間割れだ」

最初からこうなる予感はしていた。

Dクラス以外の三クラスが談合し、全員でDクラスを攻撃してきた目的は、対抗戦の序盤でDクラスを全滅させ、最下位を回避するためだ。

彼らはクラス対抗戦開始直後に、全員でDクラスに集中砲火を浴びせ、すべての生徒を脱落させ、Dクラスの最下位を確定させてから他のクラスとの勝負に挑むつもりだったのだ。

これは絶対に最下位になることがないというDクラス以外のすべてのクラスにメリットがある作戦だった。

しかしその目論見は外れ、Dクラスは一人も脱落していない。

反対にDクラスからの予想外の反撃を受け、逆に自分たちが脱落者を出してしまっている。

このままではDクラスを倒し切るまでに、自分たちのクラスが多数の脱落者を出してしまう恐れがあった。

つまりこのままでは、逆に自分たちが最下位クラスとなるリスクを孕《はら》むことになる。

そうなった場合、彼らが取る手段といえば――

「この裏切り者どもがぁああああああ」

「ふざけんなぁああああああああああ」

「話と違うぞぉおおおおおおお！」

「くそったれぇえええええええええ」

「卑怯者がぁあああああああああ」

自分たちがせめて最下位にならないように、裏切って戦力が弱いクラスを先に潰すことだ。

Cクラスの生徒たちから悲鳴の声が上がった。

主にBクラスの生徒たちが、突然の裏切り行為により、攻撃の矛先を俺たちDクラスからすでに大半の戦力を失っているCクラスに変えた。

Cクラスを脱落させることによって自分たちの最下位をなんとしてでも回避したかったのだろう。

「くそっ、堅い、堅すぎる！」

「Dクラスはダメだ!! 先にCクラスを潰すぞ!!」

「すまんなCクラス！ お前らが犠牲になってくれ!!」

「Cクラスを攻撃しろ！ なんとしてでも最下位を回避するんだ!!」

Bクラスの生徒たちは、一瞬にして攻守の役割を分ける陣形を展開し、こちらの攻撃魔法を防ぎながら、無防備なCクラスに向かって攻撃魔法を撃ち込みまくる。

Cクラスの生徒たちは、裏切り者であるBクラスの生徒たちを罵《のの》りながら、次々に脱落していく。

「最初っからこうするつもりだったのかもな」

Bクラスのあまりの陣形の変更の迅速さに、俺はBクラスは万が一に備えて裏切ることも考えていたのだろうと思った。

「おい、なんかあいつら仲間割れを始めたぞ!?」

「チャンスじゃね!?」

「あいつら自分たち同士で潰し合いを始めたぞ!!」

「攻撃の手が緩んだ!?」

「おいみんな！ BとCクラスが争い始めたぞ！ この隙に畳み掛けよう!!」

Bクラスとcクラスが仲間割れを始めて互いに争い出し、集中砲火がやんだことで、今度は圧倒的にDクラスが有利な展開となった。

「おい、ルクス！　まだ防御は持ちそうなのか？」

「ああ、こっちは大丈夫だ」

「流石、第三階梯の魔力だな！　頼もしいぜ！」

「よし、ルクスが守ってくれている間にBクラスとCクラスの連中をできるだけ減らすぞ!!」

Dクラスの生徒たちは、今自分たちが圧倒的に有利な状況だということを理解して、攻撃の照準をBクラスとCクラスに定める。

「みんな！　CクラスよりもBクラスに火力をより集中して!!　私たちとBクラスの攻撃を同時に受けたらCクラスの脱落が早まって、今度は私たちがAクラスとBクラスを相手にしなきゃなくなる!!　BクラスとCクラスをできるだけ長く争わせることが大事よ!!」

ニーナの的確な指示が飛んだ。

広い視野でこの状況を捉えて、あえてCに攻撃を集中させないという戦略を選んだニーナの思考に俺は感嘆した。

「よしわかった！」

「なるべくあの二クラスの争いを長引かせるんだ!!」

ニーナの指示が、すぐにクラス全体に伝播《でんぱ》していく。

この数日間、しっかり特訓を重ねたことでみんなの作戦の伝達能力も上がっていた。

Dクラスのみんなが、Cクラスを裏切ったBクラスを集中的に攻撃する。

火力がBクラスに一気に集中し、CとBのクラスがどんどん脱落者を増やしていく。

「くそっ、Dクラスがこっちに集中攻撃してきやがる！」

「鬱陶《うっとう》しいなぁ!!　お前らもCクラスを攻撃しろよ!!」

「おいDクラスのアホども!!　最下位になりたくなかったらCクラスを攻撃しやがれ!!　俺たちを攻撃しても意味ないだろ!?」

Dクラスの集中砲火を浴びたBクラスから悲鳴の声が上がる。

協力を持ちかける言葉も出てきたが、Dクラスのみんなはそれを拒む。

「うるせぇ!!　都合のいいこと言ってんじゃねぇ!!」

「さっきは俺たちに集中砲火しておいて、ピンチになったらそれかよ！　お前らみたいな卑怯者と協力なんてまっぴらごめんだ！」

「おいみんな手を緩めるな！　CクラスじゃなくてBクラスを攻撃するんだ!!」

Dクラスの生徒たちは、Bクラスの必死の提案も無視して、さらに攻撃を続ける。

「「「くそがぁあああああ」」」

「「「ちくしょぉおおおおお」」」

BクラスとCクラスの陣地からの悲鳴が増す。

二つのクラスは信じられない勢いで脱落者を増やしていった。

「ここまでは順調だな……あとはAクラスがどう出るかだが……」

俺は戦場を俯瞰しながら、Ａクラスを見据えた。

Ａクラスは、少し前から攻撃を一切やめて、他のクラスの争いを静観している。

最下位を回避したいのなら、彼らもＢクラスに加担してＣクラスを優先的に攻撃するべきなのだろうが、それはしていない。

攻撃も、防御も一切せずに魔力を温存しながら、ひたすら戦いを見守っている。

どうやら自分たちが最下位になるとはつゆ程も思っておらず、狙っているのは最初っからこのクラス対抗戦で一位になることのみのようだった。

俺はもう必要もないだろうと考え、陣地全体に展開した防御魔法を解いた。

「……」

Ａクラスの陣地を見ると、その中心に立っている一人の男と目が合った。

確か、ロベルト・シュタインという名前だっただろうか。

おそらくあいつがＡクラスの中心であり、指示を出しているのもあいつなのだろう。

ロベルトは少し驚いたような目で俺のことを見ていた。

ここまでＤクラスがほぼ無傷で生き残っていることに驚いているのかもしれない。

だが、その口元には勝利を確信したような笑みが浮かんでいる。

最終決戦は、どうやらＡクラスとの戦いになりそうだと俺は思った。

「攻撃の手を緩めるな！　なんとしてでも最下位だけは避けるんだ！」

「くそっ。Ｄクラスの奴ら調子に乗りやがってぇえええええ」

「卑怯者のBクラスがぁあああああ」

「最下位なんて冗談じゃない！　耐えろ！　耐えるんだぁああああ!!」

「おいAクラスの奴ら!!　お前ら見ていないで助けてくれぇええええ」

広場に怒号と悲鳴が響き渡る。

激しい削り合いを続けているのは、Bクラスとcクラスだ。

相変わらずBクラスの生徒は劣勢のCクラスに横合いから容赦なく攻撃魔法を浴びせている。

そしてCクラスの生徒たちが次々に脱落していく。

だが、DクラスはBクラス側に攻撃を続けているため、Bクラスの生徒も同じように戦力が削られていた。

BクラスはDクラスから飛来する攻撃魔法を防御するために一定のリソースを割かなければならない状況に追い込まれていく。

まさに泥沼。これが本来のクラス対抗戦の姿なのかもしれないが……誰が敵で誰が味方かすらわからない混沌とした戦いが繰り広げられていた。

「あとは向こうの出方次第か」

戦況を俯瞰し、俺は少なくともDクラスが最下位になることはあり得ないだろうと、そう判断した。

Dクラスは現時点で、まだ一人も脱落者を出していない。

たしかに体内魔力量や、攻撃魔法、防御魔法それぞれの強度など、魔法戦における基礎的な部分に関しては他のクラスに劣っている。

だが、ＢクラスとＣクラスが仲間割れを起こしたという向こうにとって想定外な動きがあったし、ニーナの的確な指示によってかなり対抗できている。

さらにはＡクラスが静観という選択をとったことなどを踏まえると、当初予測されていたようにＤクラスがそのまま最下位でクラス対抗戦を終えることはもはやあり得ないだろう。

ここからは、どれだけしぶとく生き残り、順位を上げていくかという戦いになってくる。

そしてそのためには、Ａクラスをどう攻略するかが重要だ。

Ａクラスがこの状況で静観という選択をとった理由はただ一つ。

魔力を温存し、生き残ったクラスとの決戦に備えるためだ。

ではＡクラスは一体どのクラスとの決戦を想定しているのだろうか。

これは誰の目にも明らかで、俺たちＤクラスだろう。

「魔力を温存しているのか……おそらくそれは俺たちとの決戦のため」

「……」

俺と目が合ったロベルトがニヤリと頬を歪める。

もはやロベルトの眼中には疲弊しつつあるＢクラスもＣクラスもないように思えた。

Ａクラスは早くも俺たちＤクラスを首位争いの相手であると判断し、来《きた》るべき戦いに備えている。

「さて……どうするか……」

俺はチラリとクラスメイトたちに視線を向けた。

「いけえええええええ!!」

「Bクラスを攻撃しろぉおおおおお」

「畳みかけろぉおおおおお」

「効いてる！　効いてるぞ!!　！」

「勝てる！　このまま押せぇえええええ」

「BとCが争っている間に一人でも多く脱落者を稼ぐんだぁあああああ!!」

Dクラスの生徒たちは、全力でBクラスを攻撃していた。

ほとんどの生徒が攻撃に参加しており、惜しみなく攻撃魔法を使用している。

その甲斐あって、Bクラスの生徒たちは何人も脱落者を出しているが、しかしあの感じだとBクラスを完全に仕留め切る頃には、こちらの生徒もほとんど魔力切れになるだろう。

魔力の温存など彼らの頭にはない。

いや、彼らもどこかではこのまま攻撃を続ければ自分たちの魔力が尽きると理解しているのだろうが、しかしそれでいいと考えているのかもしれない。

BクラスとCクラスがともに脱落すれば、最下位だと目されていたDクラスは二位まで浮上できる。

彼らにとってはそれで御の字であり、優勝など端から考えていないのだ。

「けど、それだと困るんだよな」

俺が目指しているのは優勝のみだ。

このあとに予想されるAクラスとの戦いにも、俺は負けるつもりはなかった。

「犠牲は覚悟してもらうか」

仮にこちら側の生徒のほとんどが魔力が枯渇した状態で、魔力を温存し、十分に火力を出せる余地を残したAクラスと対峙することになった場合、無傷では済まない。

脱落者が何人も出る覚悟でAクラスと戦う必要があるだろう。

そして、それでいいと俺は思った。

最後の一人が陣地内に残ってさえすればいいのだから。

「俺がやるしかない」

俺はおそらく自分が一番重要な役割を果たすことになりそうなAクラスとの戦いに備えた。

BもCもこちらに攻撃する余力はないと見切り、俺は防御魔法を少し弱めて魔力の温存を始める。

「くそ……だめだ……もう」

「限界だ……もう魔力が……」

「なぜだ……どうして俺たちがこんな目に……」

「こんなはずじゃ……Dクラスを倒して最下位を回避する作戦だったのに……」

やがて時間が経過し、とうとうCクラスの陣地に残っていた最後の数人が脱落した。

魔力を切らし、防御もままならず、魔道具による守護を完全に喪失し、悔しげな表情とともに陣地から出ていく。

「よっしゃあああああああ」

「Cクラスが全滅したぞ‼」

「最下位回避だ‼」

「信じられねぇ！　俺たちCクラスに勝ったぞ！」

「こっちはまだ一人も削れてないぞ‼　行ける！　行けるぞ‼」

「残ったBクラスの虫の息だ‼　このまま畳みかければ‼」

「でも、もうこっちにもほとんど魔力が……」

Cクラスが全滅したことで、Dクラスの最下位回避が確定となり、歓喜の声が陣地内から上がる。

だが喜んでばかりもいられない。

予想はしていたことだが、やはりこの攻防によりDクラスの生徒たちはほとんど魔力を使い果たしてしまったようだった。

Bクラスの陣地に目を移すと、まだ数名の生徒が陣地内残っており、なんとか耐えていた。

もうひと押しでBクラスも全滅させられるところまで追い込んだが、こちらも魔力が枯渇しかけているため、有利とは言えない状況だった。

「くそ……何名残った……？」

「全部で七名……これだけか……」

「Dクラスのクソどもが……横槍入れてきやがって……」

「けどなんとか最下位は回避したぞ……」

「も、もう魔力がほとんどない……ここからは防御魔法以外は使うなよ……少しでも長く生き残るんだ……」

生き残ったBクラスの生徒たちは互いに身を寄せ合って、どこからの攻撃にも対応できるような陣形になる。

どうやらここからは守りに徹して、少しでも長く生き残る作戦に切り替えたらしい。

「やれ」

さて、ここからどうしたものかと次の手を俺が悩んでいると、Aクラスの方から声が響いた。

ロベルト・シュタインが、虫の息であるBクラスを冷たい瞳で一瞥したあとに、一斉攻撃の号令をかけた。

Aクラスの火力が、瀕死のBクラスに集中する。

「ぐわあああああああ!?」

「やめろぉおおおおおお!?」

Bクラスの生徒たちは悲鳴を上げるが、もはやなす術《すべ》がない。

あっという間に防御を貫通され、守護を消耗し、全員が脱落した。

「マジかよ……」

「Bクラスが全滅したぞ……」

「あ、あいつらまだあんなに魔力を……」

「Aクラスもほとんど脱落してないぞ……」

クラス対抗戦終盤になっても圧倒的な火力を維持しているAクラスに、Dクラスの生徒たちは息を呑む。

Aクラスのリーダー、ロベルト・シュタインが、一番前に出てきてこちらを見据え、言った。

「邪魔者には消えてもらった。さあ、決着をつけようかDクラス」

「マジかよ……」

「まさかこんなことになるなんて……」

「ほぼ無傷のAクラスと優勝争いか……」

「あいつらまだだいぶ魔力残してるな……」

「どうする？　次の作戦は？」

「作戦というか……俺たちにできることがまだあるのか？」

Bクラス、Cクラスが共に全滅し、残ったのはAクラスとDクラスのみとなった。

ほとんど脱落者を出しておらず、火力を温存しているAクラスと、まだ一人も脱落者を出していないが、魔力をかなり消耗しているDクラスの生徒たちが、互いを見据える。

「勝てるのか……？」

「流石にAクラスと正面きって戦うのは……」

「もういいんじゃないか？　俺たちよくやったよ……」

「最下位を回避するどころか二位にまでなった。Dクラスとして十分すぎるだろ……」

「もう魔力がほとんどない……全員陣地から出てギブアップする方が潔《いさぎよ》いんじゃないか……」

緊張した空気が周囲に漂っているが、しかしDクラスの一部の生徒たちはすでに諦めモードに入っていた。

最下位を予想されていたDクラスがBクラスとCクラスを凌ぎ、ここまで一人も欠けることなく生き残っている。

Dクラスとして十分すぎるその結果に、彼らは満足しているように見えた。

そのほかのまだ諦めていない生徒たちの表情にも、疲労が色濃く出ている。

ここまでの戦いで、ほとんどの魔力を出し切ってしまったようだ。

人数的には、まだDクラスの方が若干ではあるが有利だ。

しかし温存された魔力量で考えると、むしろ天秤は圧倒的にAクラスの方に傾いている。

そのことを、Dクラスはよくわかっているようだった。

「ど、どうする……？　ルクス」

これまで戦闘の指揮をとってきたニーナが、俺の元にやってきて不安げに尋ねてくる。

「もう……こっちの生徒たちはほとんど魔力が残ってないよ……でもAクラスはまだ誰も戦っていないから余裕があるんじゃないかな……？　普通にやっても勝てないよ……」

「……そうかもな」

ニーナはどうやら冷静に状況を分析できているらしい。

そしてやはり彼女の目にも、現状は圧倒的にDクラスに不利と映っているようだった。

「降参する？　それとも……全員が脱落するまで、戦ってみる？」

「降参は、ない。俺は最後までやるつもりだ」

「で、でも……勝算は……ほとんど……」

「ないこともない」

「……!?」

ニーナが驚きの表情を持って俺を見る。

俺が、勝つために何が必要なのか、ニーナに話そうとしたその時だった。

「正直言って驚いたよ！」

Ａクラスの陣地から声が響いてきた。

ロベルト・シュタインが、Ａクラスの先頭に立って、こちらを見据え、不敵な笑みを浮かべている。

「まさか最後に僕たちと対決するのが、お前たちになるとはね！」

「あれは……？」

「Ａクラスのリーダーか」

「ロベルト・シュタイン……」

「首席入学のロベルト・シュタインか……」

Ｄクラスの生徒たちに緊張が広がる。

ロベルト・シュタインは、前回同様偉そうな口調と態度で、俺たちのことを称賛してくる。

相変わらずの上から目線だ。

「お前たちは最初の一斉攻撃で全滅すると思ってた。それがまさか、一人も欠けずにここまで来るなんて！　完全に想定外だ。ふふふ……」

余裕の笑みを浮かべるロベルト・シュタイン。

すでに彼だけでなくAクラスの陣地内には勝ちムードが漂っているようだった。

こちらと違い、不安を覚えているような生徒は一人も見受けられない。

ポテンシャルに圧倒的な差がある以上、他のクラスの介入が存在しない一騎打ち状態になれば、自分たちが絶対的に有利だとたかを括っているのだろう。

「僕のことは覚えているか？　皇子様」

ロベルトが俺に話しかけてきた。

俺はなんだ？　という意味を込めて首を動かした。

ロベルトは、小馬鹿にしたようなニヤニヤ笑いを貼り付けながら言った。

「正直に告白するとね？　最初のDクラスへの一斉攻撃、他のクラスに提案したのはこの僕なんだ。生意気なあんたの吠え面かくところがどうしても見たくなってしまって。ふふふ。申し訳ございませんね」

「あいつかよ……」

「てめぇ……」

「くそっ……そうだったのか……」

「舐めやがって……」

「いい性格してやがるぜ……」

明かされた事実に、Dクラスの生徒たちが表情を歪ませる。

なんとなくそんな予感がしていた俺は、表情を変えずにロベルトをただ見つめる。

「しかし、結果としてあんたに活躍の場を与えることになってしまいましたねぇ？　まさかあれだけの密度の魔法を、すべてあなた一人で防ぎ切ってしまうとは。お見それしました。あなたは当初僕が考えていた以上の魔法使いだったようだ」

「……」

俺は無言を貫く。

ロベルトは、語りを続ける。

「あなた方の健闘に、再度称賛を送らせてもらいますよ。よくがんばりました。そして、敬意をもってこう提案させていただきます。もう勝負はつきました。全員陣地から出てさっさと降参してください」

「「「……!?」」」

「あなたたちもわかっているんでしょう？　自分たちに勝ち目はないことぐらい」

ロベルトはニヤニヤしながらDクラスに降参を促す。

「ただでさえ、魔力量、魔力効率などのポテンシャルに劣る君たちが、あれ程の攻撃魔法を使用してまだまともに魔法を使えるとは思えない。もうほとんど魔力切れに近い生徒が大半のはずだ。違うかな？」

「「「……っ」」」

図星を突かれたDクラスの生徒たちが押し黙る。

ロベルトは勝ち誇った笑みで話を続ける。

「一方で僕たちはいまだに十分な魔力を残している。唯一の頼みの綱のルクス皇子も、君たちを守るためにほとんどの魔力を費やしたはずだ。あれ程の範囲をカバーする防御魔法を、あの強度で展開するには、相当な魔力を消費するはずだからね」

「「「……っ」」」

「勝敗は誰の目にも明らかだ。さあ、降参してくれたまえ。その方が恥をかかないで済む」

ロベルトは、ニヤニヤしながらDクラス全体を見渡した。

「五分、時間をあげるよ。その間にどうするか決めてね？　僕たちは別にどっちでもいい。瀕死の君たちを甚振るのもまた面白そうだ。でも、勝敗の決している戦いを続けること程無意味なことはないからね。君たちが降参して全員陣地を出ると言うのなら、見逃してやってもいい。さあ、どっちか決めるといいよ」

そう言うと、ロベルトは腕を組み、相変わらずニヤニヤ笑いながら面白いものを見るように俺たちを観察し始めた。

俺は背後を振り返る。

するとクラスメイトたちが、迷いのある瞳で俺を見てきた。

「ど、どうする。ル、ルクス？　ああ言ってるが……まだやるのか？　あいつの言うことはムカつくけど……でも正しい気がする……」

「か、仮に降参したとしても……二位だからな。俺たちにしちゃ十分やったんじゃないか？」

「そ、そうだよね……私たち、最下位にならなかっただけでもよくやったよね……」

「今の状態でAクラスと戦ったら守護の魔道具があるとはいえ、怪我人が出るかもしれないし……」

「こ、降参するのもあり、だよね？　ルクスくん？」

どうやら生徒たちは、Aクラスとの正面衝突にすっかり怖気づいてしまったようだ。

ロベルトが言ったように降参をするのが無難だというのが、みんなの総意のようだ。

確かに彼らからしたら、二位という結果は十分に満足いくものなのだろう。

担任のリーザもきっと、彼らのことを称賛するはずだ。

……しかし、俺はここで戦いを終えるつもりはなかった。

俺は最初から、一位を取ること以外頭にない。

「俺はこのクラスのリーダーだ。俺の決定に、みんな従ってくれる。それでいいか？」

「ああ」

「それはもちろん」

「お前が決めてくれ」

「降参だとしても、俺は納得する」

「もちろんよ」

「ルクスくんが決めて、どうするのか」

決定を俺に委ねつつも、降参の判断を期待するかのようなクラスメイトたちに俺は無慈悲だと思いつつも言った。

「降参はしない。Aクラスと戦い、そして勝つ。それが俺の決定だ」

「……マジかよ!?」

「いやいやいや……流石にそれは……」

「冗談だよね、ルクスくん……？」

俺の決定に動揺するDクラスの生徒たち。

やはり俺が降参の判断を下すことを期待していたらしい。

彼らを巻き込むのは多少気の毒だが、俺には降参するつもりは微塵もなかった。

「おい、ルクス……本気なのか？」

動揺が広がる中、一人の生徒が歩み寄ってきた。

クライン・アルレルト。

俺とDクラスのリーダーの座をかけて争った生徒だ。

「別に怖いってわけじゃない。だが……流石の俺でもこれが無謀だってことぐらいはわかる。何か勝算があるのか？」

他の生徒たちを代表するように、俺の決定に対してそんな疑問をぶつけてくる。

俺はクラス全体を見回しながら言った。

「勝算はもちろんある。というか、俺は勝てると確信している」

「「「……!?」」」

「けれど、無傷で、とはいかない。犠牲を覚悟しないといけない」

「犠牲？　どういうこと？」

「勝てるのか？　俺たちが……Ａクラスに？」

生徒たちの表情には、困惑の色が浮かんでいる。

「詳しく説明しろ」

クラインが俺に詰め寄ってくる。

俺は端的に、唯一勝算があると思われる戦い方を生徒たちに告げる。

「勝つ方法はただ一つ。俺が攻撃のみに徹することだ」

「「……？」」

「え……？」

「どういう意味……？」

「ルクス一人で攻撃するってことか？」

顔に疑問符の浮かんでいる生徒たちに、俺は詳しく説明をする。

「これまでは俺が防御を担当してみんなには攻撃に回ってもらった。でも、ここからは俺一人で攻撃する。みんなを守ることはできない。だから、みんなは自分の身は自分で守ってほしい」

「いやいやいや」

「流石にそれは無理があるだろ!?」

「お前一人でＡクラスとやり合うってのか？」

「いくらなんでもそれは……」

こいつは気でもおかしくなったのか。

そんな顔を仲間たちが向けてくる。

だが俺はいたって真剣だった。

もし攻撃に専念することができれば、Ａクラス全員を脱落させることができると確信していた。

クラインがバカを見るような目で俺の方を向いた。

「おい、ルクス。お前だってあれだけの防御魔法を使ったんだ。もうほとんど魔力残ってねぇだろ？　一人で攻撃を担当するだぁ？　馬鹿も休み休み言ってくれよ」

「いや、俺は十分に魔力を残している。おそらくＡクラスを全滅させるくらいの火力ならまだ出すことが可能だ」

「は……？」

クラインがぽかんとする。

しばらくして、いやいやと首を横に振りながら言った。

「冗談だろ？」

「俺は本気だ」

「「……」」

シーンとした静寂が辺りに満ちる。

「嘘だろ、ルクスまだ魔力残ってんのか？　化け物かよ……」

そんな呟きが奥から聞こえてきた。

「わ、わかった……！　要するに私たちはとにかく自分の身だけを守ることに専念すればいいんだね？」

しばらくしてニーナが話をまとめにかかる。

俺はそんなニーナに頷きを返した。

「そういうことだ。悪いがここからは流石にみんなを気にかけている余裕は俺にはない。各自自分の身は自分で守ってもらうことになる。もちろん、犠牲が出ないとは思っていない。だが俺は確実にAクラスを落とす。それまで、なんとか耐えてほしい」

俺は生徒たち全体を見渡してそう言った。

不安げな生徒たちの表情に徐々に希望が点《とも》るのがわかった。

Aクラスとの一騎打ちに腰のひけていた生徒たちも、腹を括ったらしい。

「わ、わかった……！」

「ルクスがそう言うなら……！」

再び生徒たちの心が一つになる。

いける、やれると互いに鼓舞するクラスメイトたちを確認し、俺はAクラスへと向き直った。

ロベルトが、顎をしゃくって答えを促してくる。

「さあ、どうする？　決まったかな？　降参？　それとも戦う？」

「もちろん、戦う。降参はしない」

「「……」」

俺がそう告げると、Aクラスの生徒たちはしばらく互いを見合った。

そしてその口元に、意地悪い笑みを浮かべる。

「そうか」

ロベルトの表情がスッと消えた。

冷たい視線が俺たちを射抜く。

「もう少し賢いと思ってたんだが……じゃあ、蹂躙《じゅうりん》しよう。愚かな君たちに、力の差を思い知らせてあげるよ」

ロベルトが、殺気のこもった声で言った。

Dクラスのみんなが、ロベルトに怯むことなく声を上げた。

「よっしゃやるぞお前ら!!」

「耐えるんだ！　とにかく俺たちは耐えることに集中するんだ！」

陣地のあちこちから頼もしい声が聞こえた。

生徒たちが陣地の中心に密集し、守りの態勢に入る。

「ほとんど魔力がない奴は、まだ魔力に余裕がありそうな奴の近くにいけ！　防御魔法を有効活用するんだ！」

「ルクスのおかげでここまで来れたんだ！　俺たちのリーダーを信じようぜ!!」

「さて……やるか」

クラスメイトたちの守りの準備が整ったことを確認し、俺はAクラスを見据える。

向こうも完全にやる気になっているようで、陣地にかなり攻撃的な陣形を敷いていた。

「いつでもいい。こっちは準備できている」

先手を取っても良かったんだが、Aクラスに時間を与えてもらった手前、俺は彼らのタイミングで戦闘を再開することにした。

陣形の一番前に構えるロベルトが、どこか呆れた目で俺たちを見ている。

「正気とは思えないな。本当に僕たちに勝つつもりなのかい？」

「ああ、そうだ」

「降参した方が無難だと思うけどな？　ちょっとでも悪あがきすれば、学校側の評価が上がるとそう思ったのかな？」

「そういうわけじゃない。俺たちは勝つつもりでお前たちと戦うんだ」

「……はいはい。ったく……ここまで馬鹿だとは。ちょっとはやるなと見直したのに。やっぱりDクラスはDクラスなんだね。魔力量同様、脳みそも小さいんだろう」

「「ははははは」」

ロベルトの物言いにAクラスの生徒たちが笑い声を上げる。

「相手にするな」

「気を引き締めろ」

「ルクスを信じろ」

「俺らならいける！」

だが、Ｄクラスの生徒たちはＡクラスの嘲笑を相手にすることもなく、表情を引き締めている。

「さて……それじゃあ、そろそろ始めようか」

ひとしきり笑ったあと、ロベルトが俺たちを指さして冷たく言い放った。

「やれ。蹂躙しろ」

「「「うおおおおおおお!!」」」

Ａクラスの生徒たちが吠えた。

この時を待っていたとばかりに、たくさんの魔法が飛来する。

温存された火力が、ここぞとばかりに放出される。

「くるぞ！」

「備えろ!!」

「防御魔法展開！」

「ルクス頼んだぞ！　できるだけ長く持ち堪えるんだ！」

Ｄクラスの生徒たちが、防御魔法を展開する。

ドガァアアアアン！

バゴォオオオオンン!!

Ａクラスの攻撃魔法が、Ｄクラスの防御魔法に衝突し、魔力爆発を引き起こす。

「ぐわあああああ」

「くそっ、魔法がっ」

「くっ」

Dクラスの生徒たちは、必死に守りを固めているが、Aクラスの攻撃魔法は強力であり、攻撃の第一波で何人かが脱落した。

「こっちは大丈夫だルクス！」

「思う存分やってくれぇえええ」

それでも生徒たちは俺に助けを求めることはしない。

俺のことを信じて、犠牲者を出しながらもひたすら防御に徹する。

「きゃあああっ!?」

近くで悲鳴が上がった。

指揮役のニーナの防御魔法が破壊され、ニーナが吹き飛ばされていた。

「おい何してんだこの無能が!!　指揮役が簡単にやられてんじゃねぇ！」

「大丈夫かニ……」

俺が心配して思わず駆け寄ろうとすると、その間に割って入る奴がいた。

クラインだった。

「世話がかかる奴め」

クラインがニーナを庇うようにして防御魔法を展開し、ニーナの脱落を防ぐ。

「おい、お前は自分のことに集中しろ!!」

クラインが防御魔法を展開しながら俺に怒鳴った。

「俺からリーダーの座を奪ったんだから、それなりの働きをしてもらわないと困るんだよ!!」

「わかった。そっちは任せるぞ」

俺はニーナのことはクラインに任せて自分の役割に集中することにした。

……みんなの思いに応えなければならない……!

俺は本気の魔法を発動した。

相手は守護の魔道具によって守られているAクラス。

本気を出しても死ぬことはないだろう。

「くるがいい、無能皇子!!」

ロベルトが煽るように俺に手招きをする。

俺は全力を出すのはいつぶりだろうと思いながら、中空に攻撃魔法を展開した。

「魔弾・百重奏」

「は……?」

無数の魔弾が、俺の頭上に浮かび上がる。

陣地の先頭から俺を煽っていたロベルトが、唖然として硬直する。

俺は生み出した百の攻撃魔法を、すべて、Aクラスの陣地に向かって放つ。

ヒュゥウウウウウウウ!!

ドガァアアアアアアアアアアアアアン!!

「「「ぐわあああああああああ!?」」」

「「「ぐえええええええええ!?」」」

「「「きゃああああああああ!?」」」

百を超える攻撃魔法が、空気を切り裂き、Ａクラスの陣地へと向かって飛んでいく。

そして、着弾。

凄まじい爆発音が立て続けに響き渡り、Ａクラスの生徒たちから悲鳴の声が上がる。

「ふぁ……？」

ロベルトは間抜けな顔をして、自陣の生徒たちが蹂躙される様を眺めている。

「どんどん行くぞ。魔槍・百重奏」

俺は攻撃の手を緩めない。

今度は攻撃魔法を槍の形に変化させる魔槍を発動。

それを多重奏魔法によって無数に展開し、Ａクラスの陣地に向かって放つ。

再び、凄まじい爆発音の連続。

俺の放った無数の魔槍は、Ａクラスの生徒たちの防御魔法を貫通し、地面に突き刺さり、生徒と生徒の間で魔力爆発を起こす。

「「「ぐわあああああ!?」」」

「「「ひぃいいいいいい!?」」」

「「「お助けぇえええええ!?」」」

「「こんなの無理だぁあああああ!?」」

魔力爆発の爆風は、一瞬にして魔道具の守護を霧散させ、Ａクラスの生徒たちは悲鳴を上げながら、逃げるようにして陣地を出ていく。

「こ、こんなの無理だぁあああ」

「もう嫌だぁああああああ」

「こんなのありかよぉおおお!?」

「なんなんだよこれぇえええ!?」

「このままだと防御の魔道具があったって、陣地内にいると死ぬぞぉおおお‼」

悲鳴が恐怖を呼び、それが全体へと伝播し、Ａクラスの生徒たちはついに、まだ魔力の残っている者、魔道具の守護を残している者まで、陣地から出ていって降参してしまった。

「はぁ……？　はぁ……？　はぁあああ……？」

ロベルトは、相変わらず動きを見せず、何が起きているのか全く理解していなさそうな表情で、陣地から逃げて自ら脱落者となっていくクラスメイトたちを眺めている。

「勝負はついた」

勝ちを確信した俺は、いよいよＡクラスに対してとどめを刺すことにした。

「うおおおすげえええええ！」

「マジかよ!?」

「ルクス！　なんだお前その火力は!?　お前まだそんな力残してたのか!?」

「いやいやいや、一人で出していい火力じゃないだろそれ⁉」

「信じられねぇ……こいつやりやがった……」

「もうほとんどAクラスは残ってないぞ！」

「お前本当に人間かよ……」

自陣から歓声が上がる。

防御に徹し、とにかく身を守っていたクラスメイトたちが、俺の攻撃によってほとんど瀕死の状態まで追い込まれたAクラスを見て驚きの声を上げている。

自陣内を見渡すと、まだ半分以上の生徒が脱落せずに耐えていた。

少ない魔力で防御に徹し、なんとか魔道具を守り切ってここまで生き残ってくれたようだ。

反対にAクラスの生徒たちは、もうほとんど残っていない。

中にはまだ魔力も魔道具の守護も残っていたにもかかわらず、自ら陣地を出て脱落を選んだ生徒もいた。

もはやAクラスの残党に戦う意思は残っていないように思われた。

あとは呆然としているリーダーのロベルトと、残った数人の生徒を倒すだけで俺たちの勝利となる。

勝ちを確信した俺は、ロベルトを見据えた。

ロベルトは、焼け野原のようになっている自陣と、それから俺を交互に見比べた。

「い、一体何が……？」

未だ、何が起こっているのか理解できないといった表情を浮かべている。

あれだけ傲慢に振る舞った自らが敗北寸前まで追い込まれている現実が、呑み込めていないのかもしれない。

「勝負はついた」

俺はそんなロベルトに言った。

「まだ続けるか？　降参するなら、攻撃はやめるが」

「……⁉」

ロベルトが我に返ったように俺を見た。

その表情がみるみる青ざめていく。

別にそのつもりはなかったのだが、まるで俺たちを舐めきって降参を促したロベルトへの意趣返しのようになってしまった。

「もう勝負はついた。俺たちの勝ちだ、ロベルト」

「ふ……」

「……？」

「ふざけるなぁあああああああああああああああ」

ロベルトが絶叫した。

頭を抱え、首を振って情けない姿を晒す。

「おおお、お前何をしたぁあああ⁉　なんだ今のは⁉　なんなんだ今の魔法はぁあああああああ⁉」

「別に、ただの攻撃魔法だが？」

「ただの、だと⁉　あれがただの攻撃魔法だと⁉　僕を馬鹿にしているのかぁああああああ⁉」

「いや、そんなつもりはないが」

「こんなのあり得ないだろぉおおお⁉　なんでAクラスの僕たちがこんな目に遭わなきゃいけないんだ⁉　お前何者なんだよぉ⁉　あんな巨大な防御魔法を展開してまだそんなに魔力残してんのかよぉ⁉　インチキだろうがそんなのぉ⁉」

「そう言われてもな」

「あり得ないあり得ないあり得ない！　こんなのあってはならない！　Aクラスの僕たちがDクラスに敗北するなんてあってはならないんだぁあああああああ‼」

「それはまだ続けるってことか？」

俺はロベルトの言葉を続行の意思だと受け取って、魔法を発動しようとする。

「ひぃいいい⁉」

それを見たロベルトが引き攣った悲鳴を上げる。

そのまま青ざめた表情で俺を凝視し、二、三歩後ずさると、次の瞬間、踵を返して陣地から逃げ出した。

「こんなの無理だぁああああ誰か助けてぇえええええええええ⁉」

「「ロベルト⁉」」

「「リーダー⁉」」

まだ魔力も魔道具の守護も残っているはずなのに、ロベルトも他のAクラスの奴ら同様、自ら陣地を出て失格になった。

リーダーの逃亡に、他の生徒たちも完全に戦意を打ち砕かれたのか、自陣から出て失格を選ぶ。

「……これで終わりか」

なんだか肩透かしを喰らったような気分の俺は、そう呟いた。

そのまま振り返ると、他のクラスメイトたちも呆気に取られた表情を浮かべている。

「え、勝った……？」

「勝ち……？」

「もしかして勝った？」

「Aクラスの奴ら、逃げ出したぞ……？」

「もうあいつら誰も陣地に残ってなくね？」

「もしかしてこれって……」

一瞬の静寂があった。

Dクラスの生徒たちはゆっくりと状況を呑み込み、それから互いの顔を確認し合う。

次の瞬間、陣地のあちこちで歓喜が弾けた。

「「「うおおおおおおお‼」」」

「「「きたあああああああ‼」」」

「「「勝ったぁあああああああ!!」」」

「「「俺たちの勝ちだぁあああ!!」」」

「「「Aクラスに勝ったぞぉお!!」」」

手を取り合って喜ぶDクラスの生徒たち。

「ふぅ。まあ、及第点だな」

クラス対抗戦で優勝するという当初の目的を果たした俺は安堵の吐息を吐いた。

と、その時だった。

「ルクスぅううう……」

「……?」

殺気のこもった視線の存在を感じ取り、俺は背後を振り向いた。

第五話　狂怒《きょうど》の魔道具

「あれは……？」

見覚えのある生徒が、血走った目で俺を見ていた。

まるで親の仇《かたき》でも見るような視線を俺に向けてきている。

はぁ、はぁ、と荒い息を吐いており、とても正気には思えない。

魔力の気配も感じたので、俺はその生徒を見据え、警戒する。

「なんだあいつ……」

「あれは……!?」

「あいつ、カイザーじゃね!?」

「ラーズ商会のカイザーだ！」

「入学式の日にルクスにやられたっていうカイザーか！」

「確かBクラスのはずだよな？」

「おい、脱落者がなんでここにいるんだよ？」

俺に歩み寄ってくるカイザーを見て、Dクラスの生徒たちが口々に言う。

彼らの言葉を聞いてようやく俺は思い出す。

そうだ。確かあの男は、入学式の日にニーナに絡んでいた男だ。

俺に勝負を仕掛けてきて自滅したところまでは覚えているが、その後に関わりがなかったためにすっかり忘れていた。

どうやらカイザーはBクラスだったようで、ということは脱落者のはずだ。

一体どうしてここにいるのだろうか。

目当ては俺のようだが……

「ルクスぅううううう!!　お前ぇえええええええ!!　あの時はよくもぉおおおおおおおおお!!」

カイザーは明らかに様子がおかしかった。

俺に歩み寄る速度がだんだんと早まり、ついに猛獣のように俺に向かって全力疾走してくる。

「おい、止まれ。なんのつもりだ？」

俺がそう言うがカイザーは止まらない。

「ルクス!?」

ニーナが悲鳴のような声で俺の名前を呼ぶ。

「大丈夫だ。下がってろニーナ」

危険を感じた俺は、駆け寄ってこようとしていたニーナを手で制した。

次の瞬間。

「死ねやぁあああああああ!!」

爆発的な魔力の気配が、カイザーから発散される。

至近距離まで近づいてきたカイザーは、いきなり俺に対して攻撃魔法を放ってきた。

「魔壁」

俺は咄嗟に魔力の壁を作り出し、身を守る。

ドガァアアアアン!!

「うお!? なんだこいつ!?」

「危ないぞ! 何してるんだ!?」

「頭がイカれたのか!?」

「もうクラス対抗戦は終わったぞ!?」

「おいカイザー! 何してるんだ!!」

「ルール違反とかそういう次元じゃないぞ! 今すぐに魔法の使用をやめろ!」

唐突に俺に対して魔法を使用したカイザーに、Dクラスの生徒たちが悲鳴と非難の声を上げる。

突然のカイザーの暴走に、辺り一帯が騒然となる。

「うおおおおおおお!!」

何を思ったのか、カイザーは他の生徒たちに非難されても攻撃をやめなかった。

俺に向かって、明らかに殺気のこもった手加減なしの攻撃魔法を撃ち込んでくる。

「……!?」

それに前回に相対した時よりも明らかにカイザーの魔法は強化されていた。

この短期間で、自らを鍛え上げたのだろうか。

まさかあの時のことをいまだに根に持っており、俺に復讐するためにこんな騒ぎを？

俺はカイザーの魔法から身を守りながら、様子を観察する。

「テメェのせいでぇええええ!!　俺は学校中の笑い物だぁあああああ!!　てめぇも同じ目に遭わせてやるよルクスぅううううう!!」

「やはり私怨《しえん》か……だが、それにしては……」

どうやら俺を襲っている理由は、入学式の日のいざこざで間違いないようだ。

だが、それだけではないように感じた。

どこか違和感を覚える。

カイザーという男は確かに傲慢な性格だったようだが、しかしこのようなタイミングでいきなり襲いかかってくる程常識がないような男には見えなかった。

今のカイザーはなんらかの理由があって正気を失っているとしか思えなかった。

「殺すぅううう!!　殺してやるルクスぅうううううう!!」

ドガガガガガガガ!!

カイザーが闇雲に魔法を使用する。

四方八方に放たれた魔法は、広場のあちこちに着弾し魔力爆発を引き起こす。

「うお!?」

「危ねぇ!?」

「ひぃいいい!?」

「誰かあいつを止めろ!?」

「完全におかしくなってるぞ!?」

「た、助けてくれ!!」

「くそっ……もう魔力がない！　当たったら終わりだぞ!!」

クラス対抗戦の直後とあって、もう他の生徒たちにはほとんど魔力が残っておらず、身を守ることもできないようだった。

「先にやってきたのはそっちだ。悪く思うな」

「うおおおおおおお!!」

俺は、完全におかしくなっており、止まる気配のないカイザーに対し、攻撃魔法を使おうとする。

と、次の瞬間。

バァン！

「うちのクラスの生徒に向かって何してくれとんじゃああああああああ!!」

「ぐぉおおおおおお!?」

突如横合いから飛来した魔法がカイザーの体を捉えた。

吹っ飛ばされたカイザーは、そのまま数秒間宙を舞い、地面に叩きつけられて苦悶《くもん》の表情を浮かべる。

「てめぇ！　クラス対抗戦はもう終わってるぞ！　一体なんのつもりだ！」

怒気のこもったそんな声とともに、肩を怒らせながら大股でこちらに歩いてくる人物がいた。

「「リーザ先生!?」」

Dクラスの生徒たちが驚きの声を上げる。

乱入してきて助けてくれたのは、いつも無気力のはずの我がDクラスの担任教師だった。

暴走したカイザーを魔法で吹っ飛ばしたリーザ先生は、そのまま起き上がろうとしているカイザーの元まで大股で歩いていった。

そして苦悶の表情を浮かべているカイザーを足で地面に押さえつける。

「お前、馬鹿なの？　何してくれてんの？　私の生徒が怪我したらどうすんの？　責任取れるの？」

ガラの悪い連中のようにそんなことを言いながら、カイザーを問い詰めるリーザ先生。

俺は少々意外だと思ってしまった。

無気力なリーザが自クラスの生徒のためにまさかここまで感情をあらわにするとは思っていなかった。

他の生徒たちも呆気に取られてリーザのことを眺めている。

「クラス対抗戦はもう終わったぞ？　お前らBクラスはとっくに脱落してるよな？　ルール違反とかそのレベルじゃないぞお前がしたことは？　わかってんのか？　どう落とし前つけてくれんだ？」

「どけぇえええええ女ぁあああああ!!」

リーザに足で押さえつけられているカイザーは、ジタバタともがく。

リーザが魔法教師であることすら気づいていないようだ。

完全に正気を失っており、血走った目でリーザに向かって捲《まく》し立てる。

「邪魔だぁああああああ!! 俺はルクスをぉおおお!! あのインチキ野郎を殺さなきゃいけないんだぁあああああああ!!」

「だめだこいつ。会話が通じない」

リーザがため息を吐いた。

「ひとまず拘束させてもらう。ルクスと何があったのかは知らんが……今のお前は正気じゃない。反省して頭を冷やす時間が必要だ。責任の追及はそのあとだな」

「くそぉおおお離せぇえええええ!!」

「無駄だ。身体強化を使用してる。力では私にかなわんよ。大人しく拘束されろ。これ以上罪を重ねるな」

カイザーはリーザから逃れようと全力で暴れているようだが、リーザの体は全く動かない。

魔力による身体強化を使用しているようだ。

わかってはいたことだが、流石は魔法教師だ。やはり実力者だと言わざるを得ない。

リーザは、暴れるカイザーを転がしてそのまま両手を拘束し、連行しようとする。

ゴト……

「あん?」

その時、何かがカイザーの服の中から落ちた。

リーザがそれを拾い上げ、次の瞬間目をあらん限りに見開いた。

「なんだこれは⁉　なぜお前がこんなものを持っている⁉」

「離せぇえええええええ」

「答えろ‼　どうしてお前が禁忌《きんき》とされている狂怒《きょうど》の魔道具を持っているんだ⁉　どこでこんなものを手に入れた⁉」

「うるせぇえええええええええ‼」

カイザーがジタバタと暴れる。

リーザは信じられないといった表情で、カイザーが持っていた魔道具を見つめていた。

「どういうことだ？」

「あいつ魔道具を持っていたのか？」

「普通にルール違反じゃね？」

「おい、カイザーってあんな奴だったか……？」

「リーザ先生、驚いているな。どうしたんだろう？」

「よくわからんが助かったぁ……」

生徒たちは、目を見開き魔道具を凝視しているリーザに疑問を持ちながらも、カイザーという脅威が去って安堵しているようだった。

「狂怒の魔道具……どこかで聞いたことがあるような……」

一方で俺はというと、リーザが口にした魔道具の名前をどこかで聞いたことがあるような気がして考えていた。

何かの本で読んだ気がする、禁忌とされている魔道具の名前。

確かその中の一つが、今リーザが口にしたものだったような気がするのだが。

「嘘……信じられない……本当にあれが狂怒の魔道具なの？」

「ニーナ？」

ふと隣からそんな声が聞こえてきた。

ニーナが、リーザ同様、カイザーが持っていた魔道具を見て呆然としている。

「あんなものがどうしてここに……？」

「そんなにヤバいものなのか？」

「や、ヤバいなんてレベルじゃないよ！」

博識のニーナ曰く、狂怒の魔道具は、禁忌とされ販売が禁止されている魔道具の中でも特にヤバい代物らしい。

その効果は、持ち主の魔力を増幅し、魔法を強化する代わりに正気を失わせ、凶暴化させるというもの。

使用者は、飛躍的な魔法の威力の向上と引き換えに、理性を失ってしまう。

かつてその魔道具を戦争に利用しようとした国があったが、狂怒の魔道具に呑み込まれた兵士が自国の国民に牙を剥き大量の死傷者を出したという事件があったらしい。

それ以来、あの魔道具は大陸全土で禁制品となり、所持も使用も複製も大罪となっているとのことだ。

「そんなにヤバいものだったのか……一体どこで？」

「わからない……けど、これがただの襲撃事件じゃ済まされないことは事実だよね。あの人は多分、魔道具のせいで正気を失ってしまったんだと思う……」

ニーナが少し気の毒そうな目を連行されていくカイザーに向ける。

確かにカイザーの様子は明らかにおかしかった。

理性はどこかに消し飛び、あるのは俺に対しての怒り、殺意だけだった。

どうやらカイザーは禁忌とされた魔道具の効果によって正気を失ってしまっていたらしい。

「自分で禁忌の魔道具を使用したのか？　俺に復讐するために？」

もしカイザーがなんらかの手段で自分であの魔道具を手に入れたのだとしたら、当然その効果も知っていたはずだ。

使用すればおかしくなってしまうとわかっている魔道具を、復讐のためとはいえ、白昼堂々持ち出すだろうか。

流石にカイザーがそこまで考えが足りない奴だとは俺には思えなかった。

何かがある。

そんな一抹《いちまつ》のきな臭さとともに、俺たちのクラス対抗戦は幕を下ろしたのだった。

◇　◇　◇

クラス対抗戦の翌日。

朝、登校してきた俺が魔法学校の校舎の廊下を歩いていると、クラスメイトたちが俺の元に歩み寄ってきた。

「おはようルクスくん！」

「おはようルクス！」

「よっ、大将！　今朝の調子はどんな感じだ？」

明らかに興奮気味のクラスメイトたち。

昨日のクラス対抗戦勝利の余韻がまだ残っているのだろう。

「おはよう。昨日は勝ててよかった。みんなありがとう」

俺はそんな彼らに挨拶と、昨日の献身的な戦いに対する礼を言う。

「おいおい、何言ってんだよ」

「礼を言うのはこっちの方だぜ！」

「俺たちを勝たせてくれて、ありがとうルクス!!」

「最下位予想だった俺たちが勝てたのはお前のおかげだ!!」

笑顔で口々にそんなことを言ってくるクラスメイトたち。

俺はそんな彼らと、クラス対抗戦のことについて語り合いながら、Ｄクラスの教室へと向かう。

「あれは……？」

「リーザ先生？」

「何してんだあの人？　いつもは始業時刻ギリギリに来るよな？」

教室の前までやってくると、そこには担任教師のリーザが待ち構えていた。

廊下の壁に背を預けて佇んでいたリーザは、俺たちが到着したのを見ると、一度だけ手で合図をしてからスタスタ歩き出した。

「どこいくんだ？」

「とりあえずついていってみるか」

俺たちはそんなリーザ先生についていき校舎の中を移動する。

「ここは……？」

「え……？」

「ここって……」

やがて俺たちを先導して歩いていたリーザが足を止めた。

そして辿りついた教室を指さして、入れと合図をする。

「ここが今日からお前たちの教室だ」

「「「ええっ⁉」」」

「「「マジかよ⁉」」」

「「でもここって……!?」」

Dクラスの生徒たちから、驚きと困惑の声が上がる。

なぜならリーザが入るように命令したのは、学年で最優秀の生徒のみに入ることを許された空間……すなわち、Aクラスの教室だったからだ。

中には上等な机と椅子が、整頓されて並んでおり、隅々まで磨き上げられている。

俺たちが今まで使っていたDクラスにあてがわれたボロボロの教室とは雲泥《うんでい》の差だ。

「おめでとう。お前たちは先のクラス対抗戦の結果、見事学年最優秀の魔法集団に相応しいと判断され、クラスが繰り上がった。一気に三つもな」

「「……っ!?」」

「つまり……今日からお前たちはAクラスというわけだ」

「「……!?」」

Dクラスの生徒たちがしばらく互いの顔を見合う。

そして数秒後、歓喜が弾けた。

「「やったあああああああああああああああ!!」」

男女ともに絶叫と言ってもいいくらいの大声で歓声を上げている。

リーザはそんな生徒たちに向けて、素直に賞賛の拍手を送る。

「おめでとう。素直に祝福させてもらう。まさかお前たちがあそこまでやるとは思っていなかった」

リーザはAクラス昇格を喜ぶ生徒たちを賞賛し、祝福したあと、突如として頭を下げた。

「そして申し訳ない。お前たちをあまりに過小評価していた。お前たちはよくやった。私の期待の遥か上をいく成果だ。私に見る目がなかった。勝負の前にあのような態度をとったことを謝らせてほしい」

「「……」」

自クラスの生徒たちを舐めていたと素直に認め、謝罪するリーザ。

らしくない彼女の態度にちょっとした間が生まれたが、元Dクラスの生徒たちはすぐに笑顔を取り戻した。

「何言ってんすかリーザ先生！」

「らしくないっすよ!!」

「リーザ先生って誤りを認められる人だったんすね、意外っす!!」

「そんなこといちいち謝らなくていいっすよ!!」

「実際、俺たちは弱かったですし、勝てたのはほとんどルクスのおかげだし」

「今は謝罪とかいいですから、一緒にAクラス昇格を祝いましょうよ！」

生徒たちはリーザを囲んでそんなことを言う。

「お前ら……」

リーザはそんな自クラスの生徒たちを見て、なんとも言えない表情になっている。

「リーザ先生。あなたがなんだかんだ言いながら俺たちを応援してくれていたのは知っています。

それに、昨日は助けてくれてありがとうございました」
　突き放したつもりの生徒たちに思いの外、慕われていたことを知ってちょっと頬を赤くしている
リーザに、俺は昨日のお礼を言った。
　カイザーがいきなり襲いかかってきた時に、真っ先に助けに入ってきてくれて生徒たちを守った
のは他ならない彼女だ。おかげで怪我人も出なかった。
　そのことについて感謝すると、リーザは思い出したように表情を引き締めた。
「ああ……そのことなんだが……実は思ったよりも大事《おおごと》になってな」
「……？」
「のちに理事長からもアナウンスがあるだろうが、襲撃された当事者であるお前たちには今ここで
明かしてしまってもいいだろう」
　祝勝ムードから一転、表情を引き締めたリーザが、衝撃の事実を口にした。
「昨日のクラス対抗戦のあと、Ｂクラスの生徒カイザー・ラーズが引き起こした事件に関して職員
会議が行われてな。その結果、理事長の判断のもと、カイザー・ラーズと彼に禁忌の魔道具を譲渡
したとされる二年のデーブ・エルドが退学処分となることが決定した」
「「「……っ⁉」」」
　その場にいた生徒全員が、驚きに大きく目を見開いたのだった。

◇　◇　◇

「話ってなんですかリーザ先生」

デーブの退学が告げられてクラスが騒然となったあと。

俺はリーザに人気《ひとけ》のないところへと呼び出されていた。

リーザは誰も見ていないことを確認してから、真剣な表情で俺のことを見ながら言った。

「一応伝えておこうと思ってな」

「何をですか？」

「すでにお前にはあまり関係がないことかも知れないが……入試でのデーブの不正が発覚した」

「デーブの不正？　どういうことですか」

「我々がデーブの動きについて調査をしたところ、デーブがお前の筆記試験の点数を低くするように工作していたことがわかった」

「え……デーブがそんなことを？」

リーザに告げられた事実に俺は驚いた。

「ああ。デーブの工作によっておまえの筆記試験の点数は著しく下げられていた。本来ならお前はAクラスになるべきだった。だがデーブの工作により点数が下がり、Dクラスへの配属となった」

「そうだったんですか」

確かにDクラスに配属された時に違和感は覚えていた。

俺は実技試験でも筆記試験でもそれなりの手応えを感じていた。

少なくともBクラスにはなれるという自信があったので、Dクラスに配属された時には少し作為的なものを感じていたのは事実だった。

だがそれがまさかデーブの工作によるものだとは思わなかった。

「どうやらお前を入試の段階でふるい落としてこの学校に入学させないのが目的だったようだ。まぁお前の場合、ほぼ実技試験の点数のみで受かってしまったのであまり関係がなかったわけだがな」

「そういうことだったんですね。納得がいきました」

「これはデーブの工作を防げなかった我々の落ち度でもある。申し訳なかったと私から謝っておこう」

「別にいいですよ。結果的に入試には受かって、しかも大切な仲間も得られたわけですし」

「そうか。と言うことはこの件の処分は内々にしてしまっても問題ないということか？」

「はい。構いませんよ。俺からこの件を大事《おおごと》にしようとは思いません」

「恩に着るぞ、ルクス」

「いえ、気にしないでください。話はそれだけですか？」

「ああ。私から伝えたかったことはこれだけだ」

「わかりました」

それでリーザとの二人きりの会話は打ち切られた。

結局デーブの試験工作の件は公《おおやけ》になることはなかった。

もしデーブの工作があったという事実が広まってしまえば、試験の信用が問われかねない。

俺としてはクラス対抗戦に勝利してAクラスとなり、素晴らしい仲間たちも得た現在、何も不満はなかったので、学校側の対処にも特に文句はなかった。

デーブは負けたのだ。

退学が決まった現在、デーブはほとんど次期皇帝の座を争う戦いから脱落したも同然。

入試での工作はすでに過去であり、俺にとっては些事にすぎなかった。

◇　◇　◇

「あ……？　どこだここ……？」

カイザーはベッドの上で目を覚ました。

体を起こし、辺りを見る。

そこは見覚えのある一室だった。

以前、入学式でルクスに打ちのめされてから運び込まれたことのある帝国魔法学校の医務室だ。

「どうして俺はこんなところに……？」

カイザーはこうなる前の記憶を呼び起こす。

「そうだ……俺はルクスに……あのクソ野郎に復讐しようとして……」

入学式の日にルクスに恥をかかされてからカイザーは学校中の笑い物だった。

復讐の機会を探っていたところ、協力者が現れた。

第六皇子のデーブ・エルドだ。

デーブ曰く、ルクスは自身の魔法を強化するための何らかの魔道具を隠し持っており、今までに何人もの人間がその卑怯な手段の餌食《えじき》になっているという。

自分がルクスに負けたのもルクスが卑怯な手段に出たからだとデーブから教わった。

そしてデーブから、ルクスの魔道具を封じるための魔道具を授かった。

「これでルクスに復讐できる……」

カイザーはデーブに言われた通り、ルクスに復讐することにした。

日時は、間近に迫ったクラス対抗戦の日にするつもりだった。

当初は、色々と計画を練っていたカイザーだったが、デーブから魔道具を授かってから復讐のことしか考えられなくなった。

最初はルクスを死なない程度に痛めつけて自分と同じ目に遭わせることを目的にしていたのだが、気づけばカイザーはルクスに殺意を覚えるようになっていた。

ラーズ商会の会長の御曹司である自分にあそこまでの恥をかかせたルクスは死に値すると本気で思うようになり、ルクスを殺すこと以外考えられなくなった。

そしてクラス対抗戦当日。

カイザーは、ルクスの魔力切れのタイミングを狙って、とうとう襲撃を開始した。

「死ねやルクスぅううううう!!」

クラス対抗戦の直後で、ルクスにはほとんど魔力が残っていないはずだった。

カイザーは、怒りの力なのかいつもよりも自分の魔法の威力が何倍も強化されていることを自覚しながら、ルクスに攻撃魔法を叩き込んだ。

だが、ルクスはあれだけ魔法を使用したあとでもまだ魔力を残しているらしく、カイザーの魔法を防御魔法で防いできた。

カイザーは苛立ち、ところ構わず魔法を撃ち込んだ。

周りには他の生徒たちがいたが、知ったことではなかった。

ルクスを殺せばあとはどうなってもいい。

憎悪だけがその時のカイザーを支配していた。

「どうして俺はあそこまでできたんだ……?」

自分でも不思議だった。

確かにカイザーはルクスを殺したい程に憎んでいた。

だが私怨で白昼堂々皇族を襲い、さらに周りの生徒を巻き込んだとなれば、事態は必ず大事になる。

今から考えればもっと上手い復讐のやり方がいくらでもあったはずではないか、とカイザーは振り返る。

「結局俺は復讐できたのか……？」

ところ構わず魔法を撃ち始めたあとの記憶が曖昧《あいまい》だ。

大きな衝撃と痛みが体を襲い、誰かに見下ろされているような記憶が朧《おぼろ》げに浮かび上がってくるが、しかしはっきりとした形にならない。

カイザーがもどかしさに頭をガシガシと掻いていると、医務室の扉が開いて、いきなり大人たちが何人も姿を現した。

「目覚めたようだな……」

「あんたらは……？」

カイザーは重々しい表情で周りを取り囲む大人たちを見渡す。

学年の担任魔法教師たち。

理事長のオズワルドの姿もある。

一体何事かと首を傾げるカイザーに、理事長オズワルドが一歩前に出て言った。

「色々言いたいことはあるが……まず最初に一番重要なことを聞かねばならない。あの魔道具をどこで手に入れた？」

「……あの魔道具？」

「とぼけるな。禁忌とされている狂怒の魔道具だ。あれは所持するだけでも大罪に値する代物だぞ。どこで手に入れた？」

「どういうことだ？　一体何を言っているのかわからない。禁忌の魔道具なんて見たことも触れたこともないぞ？」

カイザーは何を言われているのか全くわからなかった。

禁忌の魔道具に関してはカイザーも多少なり知識を持っていた。

いくつか存在する、持つことも作ることもましてや使うことも禁じられた恐怖の魔道具。

帝国法では、禁忌の魔道具は持っているだけで大罪となり厳罰に処される。

もちろん自分はそんな禁忌の魔道具なんかに触れたことすらない。

オズワルドが何を言っているのか、カイザーには全く理解できなかった。

「まさか……知らずに使っていたのか……？」

オズワルドが少し驚いたようにそう言って、それから懐から徐《おもむろ》に金属の箱を取り出した。

封印石で作られた魔道具を入れておくための箱だった。

外気に晒すだけで常時周囲に影響を及ぼしてしまう強力な魔道具を封印する時などに使う箱だ。

「これを見ろ。お前が持っていたものだ」

オズワルドが箱を開けた。

「……！」

中にはカイザーがデーブから「魔道具を封じるための魔道具」だと説明されて譲り受けたものが入っていた。

カイザーは焦り、言い訳を考える。

だが、カイザーが何か言う前にオズワルドの口から恐ろしい事実が告げられた。

「これは禁忌とされている狂怒の魔道具で、お前が持っていたものだ。魔力痕も検知されている。言い逃れはできないぞ。一体どこでこんなものを手に入れた？」

「……は？　何を言っている。冗談だろ？　これが禁忌の魔道具？」

「ああ、そうだ。答えろ！　一体どこでこれを手に入れた‼」

オズワルドが目の色を変えて、カイザーを問い詰める。

カイザーは何が何だかさっぱりわからなかった。

だが、封印箱の中の魔道具を見るうちにだんだんと状況が掴めてきた。

「まさか……騙された、のか？　利用された……？」

デーブ皇子が自分を利用した。

そんな結論がカイザーの頭の中に浮かんだ。

胸中に蟠《わだかま》っていた違和感が、線で繋がれていく。

思えば何かがおかしかった。

ルクスへの復讐の意思は確かに自分の中にあったが、明らかにクラス対抗戦の日の自分は冷静じゃなかった。

禁忌とされている魔道具には、人をおかしくしてしまう効果を持つものが多いと聞く。

おそらく自分は、デーブ皇子より授かった魔道具によっておかしくなり、あのような暴挙に出てしまったのだとカイザーは結論付けた。

おそらくこれも、皇族たちの皇位を争う権力闘争の一環なのだろう。

最近隣国の王女と婚約を取り結び、次期皇帝の座に最も近いなどと囁かれているらしいルクスを消すために、自分はデーブ皇子に利用されてしまったのだと、カイザーは今更ながらに気がついた。

「騙された？　何を言っている？　まさか、協力者がいるのか？　誰か他の者から、この魔道具を手に入れたのか？」

「そ、それは……」

カイザーは口をつぐむ。

自分の潔白証明のために、真実を話せば、デーブの怒りを買い、皇族を敵に回すことになるかもしれない。

しかし、デーブのことを黙っていれば、すべての罪を自分が被ることになる。

カイザーは、どうするべきか葛藤し、俯く。

「ことの重大さがわかっていないようだな。お前は禁忌とされている魔道具を所持し、使用し、あろうことか皇族を襲ったのだぞ？　その上で、こちらの捜査に協力しないとなれば、最悪死刑もあり得るだろうな」

「はぁ⁉」

カイザーが素っ頓狂な声を漏らす。

「この俺が死刑⁉　俺はラーズ商会の会長の息子だぞ⁉　そんなことがあるわけ……」

「関係ない。禁忌の魔道具に関する帝国法は貴族、平民、あらゆる特権階級を差別しない。平等に適用される。たとえ皇族であったとしてもだ。それほどまでに禁忌の魔道具を所持、使用することは重罪なのだ！　それがわからないのか！」

「……っ」

確かに私利私欲のために禁忌の魔道具の使用を目論んで処刑された貴族の話をカイザーも聞いたことがあった。

帝国の貿易を牛耳っているラーズ商会の会長の息子の自分であれど、処刑される可能性があることに気がつき、カイザーは震え上がった。

死ぬよりは、すべてを打ち明けてしまった方がマシだ。

そう判断したカイザーは重たい口を開いた。

「ち、違うんだ……これは俺のせいじゃない」

「どういうことだ？」

「俺は騙されたんだ。この魔道具は、ある人から譲り受けたものだ」

「「「……！」」」

オズワルドや魔法教師たちが顔を見合わせる。

「誰なんだ⁉　正直に話せ！」

オズワルドがカイザーの肩を掴んで魔道具の入手方法を話すよう迫ってくる。

ここまできたらもう引き返せない。

カイザーは、自らの罪を少しでも軽くするために、復讐の手助けをすると吹き込んで自分を嵌めた人物の名前を口にする。

「第六皇子のデーブだ……あいつが黒幕だ」

「「「……!?」」」

オズワルドは驚きのあまり、目を見開いて呆然と立ち尽くした。

◇　◇　◇

「あの役立たず……失敗しやがりましたね……これじゃあまた一から計画の練り直しじゃないですか……」

第六皇子デーブは、ルクス暗殺計画の失敗に失望していた。

ルクスの魔法学校入学を阻止することができず、入学を許してしまったあと、デーブは在籍中にルクスを暗殺する計画を思いついた。

デーブが目をつけたのは、ルクスに恨みを持つカイザー・ラーズという生徒だった。

カイザーは帝国の貿易を担う巨大な商会の御曹司らしく、プライドが高く、逆上しやすい性格のようだった。

カイザーはどうやら入学式の日にルクスと一悶着あったらしく、ルクスを非常に恨んでいるという情報をデーブは入手した。

これを利用しない手はないと思った。

デーブはカイザーを騙し、復讐の手助けをするという建前でルクス暗殺に利用する方法を思いついた。

この方法であれば、誰も犯人はデーブだとは思わない。

私怨による悲しき皇族殺害事件。

世間がそう思ってくれれば、黒幕の自分の正体がバレることもないとデーブは考えた。

問題はどうやってカイザーを取り込むかだが、デーブは禁忌の魔道具を使うことにした。

狂怒の魔道具。

その魔道具に取り込まれた者は、魔力が増幅され魔法の威力も飛躍的に向上する代わりに正気を失うという。

この魔道具を使えば、ルクスに対して恨みの感情を持っているカイザーの正気を失わせて、ルクスを攻撃させられるとデーブは考えた。

狂怒の魔道具は、帝城の地下に保管されていた。

皇族以外立ち入りを許されないそこに密かに忍び込んだデーブは、誰にも気づかれることなく狂怒の魔道具を持ち出した。

そしてそれをカイザーに譲渡した。

はたして、カイザーに魔道具を渡した途端、カイザーの目つきが変わった。

カイザーは何かに取り憑かれたような目になり、ひたすらルクスに対する怨念の言葉を呟き始めた。

デーブはカイザーを、復讐に囚われた狂戦士にすることができたと確信し、ほくそ笑んだ。

そして、クラス対抗戦当日。

デーブは、離れたところから一年生のクラス対抗戦を見守っていた。

デーブの目には、ルクスがウサギたちの園に迷い込んだ一匹の肉食獣に見えた。

その実力は他の生徒よりも圧倒的に秀でていて、クラスごとの戦力差をものともせずに、孤軍奮闘といった活躍をしていた。

ルクスの魔法の実力はデーブの想像以上であり、一体どうやってあのような力を得たのか甚だ疑問だったが、しかしそんなことはどうでもいいことだった。

ルクスを殺してしまえばすべてが終わる。

狙うべきはルクスの魔力がほとんど尽きるであろうクラス対抗戦の最終盤。

魔力がすり減って魔法発動すらままならなくなったルクスは、魔道具によって強化され、おかしくなったカイザーによってなす術なくやられることだろう。

そして魔道具に完全に呑み込まれたカイザーは、そのまま周囲を攻撃し始めるはずだ。

そうなれば、自分が仕込んでおいた工作員が、カイザーを仕留める。

おかしくなったカイザーが殺されても、それは誰の目にも仕方がないことだと映るだろうし、カイザーが死ねば魔道具の入手経路も永遠に謎のままだ。

自分の計画に穴はない。

デーブは自分が黒幕だということを誰にも知られることなく、確実にルクスを暗殺できると思った。

だが、計画は失敗した。

デーブが助言した通り、カイザーはクラス対抗戦の終盤を狙ってルクスに襲いかかった。

カイザーの魔法は側から見ても圧倒的に強化されており、魔力の尽きかけた状態で襲われれば、いかにルクスであれどひとたまりもないと思った。

だが、予想に反してルクスはまだ自分の身を守れる程の魔力を残していた。

カイザーは、飢える肉食獣のようにルクスに襲いかかり、魔法を乱発した。

一発一発が当たれば致命傷になる程の威力を有していたが、しかしルクスはしぶとく防御魔法を展開して自分の身を守った。

何をしている、早く殺せ。

デーブが歯噛みをしながらそのもどかしい状況を見守る中、乱入者があった。

女の魔法教師が、横合いからカイザーに魔法を撃ち込んだのだ。

カイザーは抵抗したようだが、ダメだった。

その女教師は完全にカイザーを押さえつけて、拘束した。

その際に、カイザーの懐から出てきた魔道具に驚いているようだった。

それが何か、正確に知っていたということだろう。

デーブはしばらく呆然とその場に立ち尽くした。

暗殺計画が失敗した現実を受け入れられなかった。

だが、ハッと我に返り、この計画の失敗によって自分の立場が一気に危うくなったことを悟った。

結局ルクスは無傷のまま生き残っているし、カイザーも生きたままだ。

カイザーを生かしておけば、もしかしたら自分の名前がカイザーの口から漏れるかもしれない。

そうなれば、自分がルクスの暗殺を企てたことに気づく者も出てくるだろう。

やらかした。

そう思ったがデーブにはどうしようもなかった。

カイザーに接触し、絶対に自分の名前を吐くなと脅そうかとも思ったが、カイザーは魔道具を取り上げられ、完全に隔離されてしまった。

デーブはそれから数日間、何をすることもできぬまま、ひたすらカイザーが自分の名前を吐かないことを祈った。

「皇帝陛下は皇子同士の権力闘争を禁止していない……いやむしろ推奨しているきらいすらあるのです……なのでルクス暗殺計画自体が明るみになったところで咎められないはず……しかし問題は禁忌の魔道具なのです……確か帝国法では、身分にかかわらず禁忌の魔道具を所持した者を裁く法律があったような……くっ……ぼくちんとしたことがとんだミスを……」

デーブにとって問題なのは、禁忌の魔道具を帝城の地下室から持ち出したことだった。

そのことがバレれば、流石のデーブとはいえお咎めなしとはいかないだろう。

帝国には、身分に関係なく禁忌の魔道具を所持、使用した者を裁く法律が存在する。

それを使い、ライバルの皇子たちが自分を追い落とすための口実にするかもしれない。

すべてが明るみになれば、デーブは他の皇子たちに対して完全に弱みを握られてしまう状況になる。

「どうすればどうすればどうすればぁあああ‼」

教室で頭を抱えるデーブ。

他の生徒たちは、ただならぬ気配を感じてデーブに近寄ろうとしない。

デーブは、一転して最悪となった自らの状況を打開するための策を必死に捻り出そうと努力していた。

だが、結局はカイザーが自分の名前を喋るかどうかにすべてがかかっていることに気がつき苦虫を噛み潰したような表情を浮かべる。

「デーブ・エルド。ここにいたか」

「あ？」

そんなデーブに突如として訪問者があった。

教室がざわつく。

理事長のオズワルドが、側に何名かの魔法使いを従えてデーブの教室に現れた。

そしてまるでデーブを警戒するかのような雰囲気で話しかけてくる。

「ぼくちんに何かようですか？」

デーブはオズワルドに対して苛立ちを隠さない。

だが、オズワルドも皇族のデーブに対して臆することなく、真剣な表情でデーブを見据えている。

「大変なことをしてくれましたな」

「……？」

「いくら皇族のあなたとはいえ、これは看過できる事態ではない」

「……なんの話を」

デーブはドキリとした。

まさかカイザーが話したのか。

冷たい汗が、デーブの頬を伝う。

「事情聴取に協力してもらいますぞ。あなたには現在……禁忌の魔道具を所持、使用した疑いがかけられています」

「……っ」

最悪の事態が訪れたことをデーブは悟った。

第六話　二人目の脱落者

その日、後宮は厳《おごそ》かな空気に満ちていた。

久しぶりとなる皇帝ガレスの来訪。

その準備のために、後宮はたくさんの使用人たちによって磨き上げられ、飾り立てられた。

皇帝の訪問には後宮に住まうすべての皇子たちと側室が呼ばれていた。

皇子たちもその母親たちも、皇帝の来訪の理由にはなんとなく心当たりがあった。

〝禁忌〟を犯した皇子の噂は、俺の耳にも入ってきていた。

本当かどうか定かではない噂が、魔法学校内でも飛び交っていた。

俺が耳にした信じられないような噂は本当なのかどうか、そしてこの事件にどのような決着がつくのか、おそらく今日見届けられるだろうと俺は思った。

「さあ、ルクスちゃん。行きましょうか」

皇帝の来訪のために着飾った俺と母親のソーニャは、互いの格好を確認し合う。

「久しぶりの皇帝陛下の来訪ですから、しっかりおめかししないと」

「……そう、ですね」

「もしかしたらルクスちゃんがＡクラスに昇格したこと、褒めてくださるかもしれませんよ？」

「それはどうだろう」

皇帝陛下は、あまり一人の皇子に肩入れをするような人ではない。

これまでも、誰か一人の皇子の功績に対してわざわざ取り立てて祝福したりというようなことはほとんどしてこなかった。

今日の来訪の目的はおそらく一つだろう。

次期皇帝を目指す者の一人として、この事件にどういう終止符が打たれるのかは見届けなくてはいけない。

「それでは行きましょうか」

「はい」

俺はソーニャとともにたくさんの従者を引き連れて、後宮の中央殿へと向かう。

その途中で、第二皇子のダストとその母親とばったりと出くわしてしまった。

「……っ」

ダストの母親は俺とソーニャを見て一瞬時を止めたようにその場に立ち尽くした。

彼女の目は明らかに、金のかけられた俺とソーニャの格好……そして以前に比べて随分とみすぼらしくなった自分とその息子皇子の格好を見比べていた。

「……っ」

悔しげな表情がダストの母親……カミラの顔に浮かぶ。

憎しみに近いような恨みのこもった視線が俺とソーニャに向けられる。

だが、俺もソーニャもそれによって動じたり道を譲ったりはしない。

後宮において冷遇され虐げられていた頃なら、俺たちは平伏して道を譲り、カミラとダストは俺たちを見下しながら堂々と前を通っただろう。

だが、今では完全に立場は逆転した。

もうカミラやダストは明確に俺やソーニャよりも立場が上とはいえず、それが付き従う従者の数や衣服に如実に現れていた。

「行くわよ」

カミラはダストにそれだけ言って、スタスタと歩き出した。

「ちっ」

ダストは舌打ちをして母親のあとに続く。

「私たちも行きましょうか、ルクスちゃん」

「そう……だね」

俺もソーニャも、何事もなかったかのように皇帝の訪れる中央殿を目指した。


中央殿にはすでに大勢の人々が詰めかけていた。

呼ばれた皇子たちも全員来ているようだった。

中央殿は、飾り立てられ、絹の刺繍《ししゅう》があしらわれた豪勢な絨毯《じゅうたん》が敷かれていた。

集まった皇子たちは、互いに談笑しながら、皇帝が来るのを待っているようだった。

ソーニャとともに中央殿に到着した俺は、室内を見渡した。

おそらく皇帝の来訪の原因となったのであろう〝とある皇子〟の姿が目に入った。

いつも何を考えているかわからない不気味な笑みが浮かんでいるその表情には、今日はなんの感情も読み取ることができない。

瞳は虚《うつ》ろで、目の前の虚空をぼんやりと見つめている。

その皇子の周りには、まるで腫れ物に触るまいとするかのようにぽっかりとした空間ができていた。

他の皇子たちは、互いに談笑しながらチラチラと俺や〝その皇子〟に視線を飛ばしてきていた。

「皇帝陛下、入場！」

やがてそんな声が室内に響いた。

中央殿の黄金の扉が重々しく開かれ、たくさんの従者を引き連れた一人の男が姿を現した。

皇帝ガレスだ。

周囲で従者たちが跪《ひざまず》き、皇子たちは背筋を伸ばした。

皇帝はなんの感慨もない冷めた表情で、絨毯の上を歩いた。

俺の横を通った時にわずかに視線を感じた気がしたが、身分の違い上、顔を伏せる必要があったため、確認することはできなかった。

皇帝は中央に用意された豪奢な椅子まで歩き、そこに腰を下ろした。

そして楽にしていいという意味で、右手を徐《おもむろ》に上げた。

平伏していた従者たちが顔を上げ、皇子や側室たちが皇帝に目を移す。

「今日ここに来たのは他でもない」

皇帝は回りくどい挨拶など抜きに早速本題に入ろうとしているようだった。

後宮にやってきてわずかしか経っていないにもかかわらず、一刻も早くすべきことを終わらせたいと言わんばかりの表情で、本題に入った。

「許されざる者。〝禁忌〟を犯した者がいる。皇帝として看過できない。しかるべき罰が下されなければならない」

「……っ」

皇帝のその言葉に、一人の皇子の体がビクッと震えた。

先程まで心ここに在らずといった様子だった一人の皇子……デーブ・エルドが小刻みに震えながら皇帝を見た。

皇帝の鋭い眼光は、まっすぐにデーブを捉えていた。

静寂が後宮の中央殿内を支配していた。

皇子も、側室も、たくさんの従者及び使用人たちも、固唾《かたず》を呑んで成り行きを見守っている。

皇帝ガレスは冷ややかな目を第六皇子デーブ・エルドに向けていた。

デーブは明らかに焦り、そして怯えているように見えた。

「みんなも何があったのかはすでに聞いているはずだ。私の口からわざわざ説明するまでもない。一人の皇位継承権を持つ者が、禁忌の魔道具を所持、使用するという大罪を犯した。禁忌の魔道具は、帝国政府によって厳重に管理され、規制されている危険な魔道具だ。もしこれが帝国にあだなす者の手に落ちて複製がばら撒かれでもしたら即、帝国存続の危機となる。ゆえに帝国法では、貴族や大商人、聖職者、そしてたとえ皇族であったとしても禁忌の魔道具に関わる罪を犯した者は即厳重に裁かれなければならないと定められている」

重々しい皇帝の声だけが室内に響いていた。

俺はチラリとデーブに視線を移した。

デーブの表情は青ざめ、ほとんど血色を失っていた。

俺はデーブの焦りようを見て、噂は本当だったことを知る。

あの時に感じた違和感の正体。

何者かが意図的にあの事件を引き起こしたかもしれないという俺の勘は間違っていなかったのだ。

クラス対抗戦の終わりに、俺を襲撃し、クラスメイトたちを危険に晒したカイザー・ラーズは誰の目からしても正気とは思えなかった。

明らかに正気を失い、憎悪に支配されていた。

おそらくあれは禁忌の魔道具による副作用。

禁忌の魔道具には、持ち主の魔法を強化するのと引き換えに、正気を奪ったり、おかしくしたりする副作用を持つのものが多いと聞く。

あの時のカイザー・ラーズは禁忌の魔道具によって支配され、正気を失っていたのだ。

そしてその黒幕は、第六皇子のデーブ・エルドだった。

カイザーはデーブによって操られた、ある意味、犠牲者でもあったわけだ。

おそらくデーブの俺を暗殺する計画のために利用されたのだ。

そのことを今、俺はようやく理解した。

「何か、申し開きはあるか？」

皇帝がまっすぐにデーブを見ながら言った。

デーブが震え声で口を開き、言葉を紡ぐ。

「わ、私、でしょうか？」

「とぼけるな。自分が何をしたのか、お前が一番理解しているだろう」

「お言葉ですが、父上……私は何が何やらさっぱり……」

デーブはあくまで知らないふりをし通すようだった。

声は震え、表情は青ざめ、動作は挙動不審だ。

その態度はもはや、自分の罪を認めてしまっているようなものだが、それでもあくまで自分の罪を否定するつもりらしい。

皇帝が決定的な証拠を掴んでいないという確信があるのか、それとも、もはや自分に掛けられた疑いを否定すること以外道がないのか。

「……そうか」

皇帝のデーブを見る目がどんどん冷たくなる。

表情には失望が浮かび、デーブに対する興味がどんどん失われていっているのが傍目《はため》にもわかった。

「認めぬというのなら私が説明しよう。そうだな……簡単に言えば、我が息子よ。お前はしてはならないことをした。禁忌の魔道具を使い、帝国魔法学校の生徒を操り、ルクス・エルドを暗殺しようとした。お前の犯した罪はそれだ」

皇帝がはっきりとデーブの犯した罪を口にする。

デーブが蚊の鳴くような小さな声で反論する。

「父上……あなたは勘違いをなさっている。私はそんなこと……」

「私を欺《あざむ》くのか？」

「……っ」

凍える程に冷たい声が、中央殿の空気を貫いた。

俯いていたデーブが顔を上げて、ガタガタと震え出す。

「私を欺くのか？　それとも罪を認めるのか？　お前は帝城の地下より禁忌の魔道具を持ち出し、ルクス暗殺のために利用した。そのことを認めるのか？　認めないのか？」

「お、お言葉ですが、父上……」

デーブはダラダラと汗を流し、青ざめた表情で、震えながらも逃げ道を探すように言い繕う。

「わ、私は決して父であり皇帝であるあなたを欺きません……あなたがおっしゃったことが本当なら即座に罪を認めています……た、大変恐れ多いことをお聞きするのですが、私がそのような大罪を犯したという証拠はどこにあるのですか？」

「ラーズ商会の息子、カイザー・ラーズが証言している。あの魔道具はお前から譲り受けたと」

「知りません……そのようなこと、私がするはずありません」

「ではカイザー・ラーズが嘘をついたのか？」

「錯乱し、誰かに罪をなすりつけなければと焦った結果でしょう……」

「……なるほど。そういうことか」

「……っ」

しばらくの静寂があった。

皇帝は頬杖をつき、無言で何かを考えているようだった。

デーブの表情にわずかながらの希望が点《とも》る。

もしかしたらこの場を凌ぐことができるかもしれない。

デーブの表情にはそんな思いが読み取れた。

だが、デーブのそんな期待は次の皇帝の一言で虚しく砕け散った。

「息子よ。お前には失望した」

「……っ⁉」

「ここまで愚かだとは思わなかった。お前は帝国の存亡を脅かしかねない大罪を犯したばかりか、罪を認めようともせず、さらに私を欺いて罪を重ねた。許されざる行為だ」

「ち、違います！　噂はすべて嘘です！　私は何も……！」

「すでにわたしの従者に命令して帝城の地下にある保管庫は調べさせた」

「⁉」

「保管庫にはお前の魔紋が残っていた。言い逃れはできない。犯人がお前であることは明らかだ」

「あ……あぁ……」

デーブがしなしなとへたり込んだ。

皇帝がデーブの罪を確信しており、もはや言い逃れできないことを悟ったようだ。

皇帝はデーブを冷ややかに見下ろしながら、言った。

「お前の罪は二つ。禁忌の魔道具を持ち出したこと、そして私に嘘をついたことだ。それ以外のことに関して、お前を咎めるつもりはない。だが、お前の犯した罪は重い。禁忌の魔道具に関する法を犯したということはお前は帝国を軽んじたということだ。そして私に嘘をついたということは、皇帝という座につく者を軽んじたということだ。そんな愚物は次期皇帝に相応しくない」

皇帝は一拍置いて、それからデーブに罰を言い渡した。

「私の六番目の息子、デーブ・エルド。お前から皇位継承権を剥奪する。今日よりエルドの名を名乗ることを一切禁ずる。お前はもはや私の息子ではない。そして帝国法を犯し帝国を軽んじたお前に、居場所などない。母ともども即刻後宮を立ち去りこの国を後にするがいい」

皇位継承権の剥奪、並びに国外追放。

それがデーブに言い渡された罰だった。

それは皇子のデーブにとって単に地位を失うだけでなく、ほとんど死に等しい罰だった。

「あ……あ……あ……」

デーブは壊れた機械のように、白目を剥いて奇妙な声を漏らしていた。

「うぅ……う……うぅ……」

その後ろでは、デーブ同様肥えた体を持つ母親が涙を流し啜《すす》り泣いていた。

「……」

皇帝は用は済んだとばかりに無言で立ち上がり、出口へ向かって歩く。

慌てたように従者が、皇帝に付き従う。

「……」

「……？」

皇帝が俺の目の前を通りすぎる時、チラリとこちらに視線を送ってきた。

そしてその口元をニヤリと歪ませる。

その不気味な笑みの真意は俺にはわからなかった。

バタンと音がして重々しいドアが閉じられた。

皇帝が去ったあとの中央殿には、いつまでもデーブの壊れた機械のような声と彼の母親の啜り泣きの声が響いていた。


皇位継承権を失い、国外追放となった元皇子のデーブは、その日のうちに後宮を去った。

そしてそれから数カ月後、デーブとその母親が国境付近で盗賊に襲われ、命を落としたという噂がまことしやかに帝城の人々の間で囁かれたのだった。

◇　◇　◇

「デーブもダメだったか……」

後宮の一角。

豪奢に彩られたその空間で、部屋の主である第四皇子のキースはそう独りごちた。

キースは先程使いの者から、国外追放処分となったデーブが国境付近の森で何者かに襲われて行方がわからなくなったという情報を聞かされたばかりだった。

伝えられた情報では、盗賊か何かに襲撃されたということだったが、もちろん言葉通りに受け取るキースではない。

「消されたか……皇帝が手を下したか、あるいは他の皇子か……」

皇位継承権を剥奪され、完全に地位を失ったデーブ。

後ろ盾がなくなったことで、恨みを持つ誰かに消されたか、あるいは他の皇子に始末されたか。

いずれにせよ、皇位継承を争う競争相手が一人減ることは、他の皇子同様、次期皇帝を目指すキースにとっても悪いことではなかった。

「あいつならルクスの足をいい感じに引っ張ってくれると思っていたんだがな」

ルクスと年齢が近く、帝国魔法学校に生徒として在籍していたデーブが、ルクスを皇位継承権争いから引き摺り下ろすために学校内で何かをしでかすことは容易に予想できた。

だがまさか、帝城の地下室から禁忌の魔道具を持ち出し、同学年の生徒を使ってルクスを暗殺しようとするとは思わなかった。

そんな大胆なことをすれば、黒幕デーブの名前が表に出るのは時間の問題だっただろう。

キースから見て、デーブの取った手段は悪手以外の何物でもなかった。

「もう少し賢いと思ってたんだがな……所詮はつけ上がった愚者だったか」

デーブは見るからに自分で自分のことを賢いと思っているタイプだった。

計略に長《た》けて、陰から人を操り、卑劣な手段を用いたとしても目的を達成する。

自分で自分のことをそう評価しているような節があったし、実際周囲も少なからずそんなイメージをデーブに抱いていた。

だが、蓋を開けてみればとんだ大間抜けだった。

デーブは禁忌の魔道具を帝城より持ち出し、ルクス暗殺を企て、失敗し、追い詰められ、最後は自己保身のために皇帝に嘘をついた。

おそらく皇帝は、デーブが何をしたのか、すべてを知っていたのだろう。

その上でデーブを試すために、あのような後宮での晒しあげという機会を設けたのだ。

そしてデーブはみんなの前でまざまざと醜態を晒し、そこで皇位継承権剥奪を言い渡され、地位を失った。

「しかし、これでますますルクスの地位は盤石になった……あいつをどうにかしなければ……本当に次期皇帝はルクスということに……」

競争相手が減ったのはいいことだが、今回の事件でますますルクスの地位は盤石になったとキースは評価していた。

帝国魔法学校に予定通り入学し、そこでデーブの暗殺計画をも撥《は》ね除けてみせた。

帝国魔法学校の新入生恒例のクラス対抗戦でも、クラスを勝利に導き、評価を上げたと聞いている。

このままでは、次期皇帝の座を巡る争いは、ルクスの独走状態となってしまう。

そろそろ手を打たなければ、取り返しのつかない差をつけられてしまうとキースは考えていた。

「動くか……」

ずっと前から考えていた計画を動かす時だとキースは判断した。

「本来は他の皇子に対して使おうと思っていた手段だったんだがな……まさかお前が一番の障害になるとは思わなかったぞ、ルクス」

キースには他の皇子を追い落とすための計画がいくつもあった。

それは本来、次期皇帝の座に近い第二皇子のダストや第六皇子のデーブ、あるいは他の皇子に対して使おうと思っていた計画だった。

しかし当初は敵ですらないと思われていた第七皇子のルクス・エルドが、隣国の第二王女、エリザベートとの婚約を結んでから頭角を現し始め、目下のところ、キースが皇帝の座につくための一番の障害となった。

なのでキースは誰よりもまずルクスを陥れるために、ずっと前から考えており、仕込みもしていた計画を始動させることにした。

「ルクスは強い……魔法という観点においては、俺や他の皇子では敵《かな》わないだろう……それは認めなくてはならない……」

ダストのようにプライドが高く、他人の優位性を認められない程キースは愚かではなかった。

少なくとも魔法に関しては、ルクスは他の皇子が束になっても勝てない程に優れていると、キースはそう評価していた。

そんなルクスに、真正面から戦いを挑むのは愚か者のすることだ。

ダストのようにむやみやたらに勝負を挑んだり、デーブのように他人を使って暗殺などを企てなくても、ルクスを陥れる方法など無数にあるのだから。

「見ていろよルクス……今は勢いづいているかもしれないが、必ずお前に吠え面をかかせてやる……」

キースの口元にドス黒い笑みが浮かぶ。

「蟻地獄にハマった蟻のようなものだ……お前は少しずつ俺の罠にハマっていく。気づいた時にはもう手遅れだ。絶対に逃れられない。そのままずるずると沈んでいき、決して這い上がることはできない……クックック……」

キースの不気味な笑い声が、室内にこだまする。

「俺の計略から逃れることはできない。止めることもできない。なぜならお前を皇子の座から引き摺り下ろすのは俺ではないからだ。他ならない、帝国民の手によって、お前は皇位継承権を失うことになる。民意が、お前の敵となるのだ」

◇　◇　◇

数カ月後。

キースのまいた種が少しずつ成長し、伸びたドス黒い蔦《つた》が帝国中を覆っていた。

帝都には憎悪が渦巻いていた。

帝国民によるルクスへ向けた憎悪だ。

「ルクス皇子を出せぇえええええ!!」

「ルクス皇子を皇子の座から引き摺り下ろせぇえええええええ!!」

「処刑だ！　処刑しろぉおおおお!!」

「ルクス皇子はこの国の皇族に相応しくない!!」

「卑劣な皇子を引っ張り出せ!!」

キースによってばら撒かれたあらぬ噂を信じた帝国民が、ルクスを皇族の座から引き摺り下ろすために帝城周辺へと詰めかけていた。

第七話　第四皇子の罠

俺が帝国魔法学校に入学してから三カ月が経過した。

クラス対抗戦で下馬票を覆し、すべてのクラスに勝利してAクラスとなった俺たちは、あれから真新しい教室で授業を受けることになった。

担任は変わらずリーザ先生だ。

クラス対抗戦を経て、彼女の生徒思いの本性も垣間見え、無事に打ち解けたかと思ったのだが、彼女はやはり厳しかった。

「お前らはほとんどルクスのおかげでAクラスになれたようなもんだ。それはよく理解しているよな？　悪いが、授業は厳しくいかせてもらうぞ」

以前のように投げやりな感じはなくなったものの、リーザは相変わらずズケズケと元Dクラスの生徒に対して本音をぶつけ、それに生徒たちが苛立つこともしばしばだ。

だが入学当初と違い、生徒たちはみんな、リーザが生徒たちを鍛えようとしてそのような言動をとっていることを理解しているため、苛立ちつつもスピードの速い彼女の授業に必死に食らいつこうと努力していた。

授業内容は相変わらず俺からすると退屈なものだったが、そんな俺を見かねてか、リーザが色々と俺専用に教材を用意してくれた。

そこにはかつての魔法の偉人たちが色々と研究したニッチで面白い魔法がたくさん載っており、俺の魔法の実力向上に大いに役立った。

ニーナとは相変わらず友人関係で、よく話したりする。

一緒に食事を取ったり、ニーナの希望でたまに魔法の修業に付き合ってやったりする。

ただ彼女とのエピソードは、エリザベートの前では御法度だ。

ニーナの話題を出すとエリザベートの機嫌があからさまに悪くなる。

なので彼女の前では、あまりニーナの話題は出さないようにしているのだ。

そんな感じで、帝国魔法学校での日々はすぎていき、あっという間に長期休みがやってきた。


「なぁ、ルクス。この休みなんだが……」

「ルクスくん！　みんなで旅行に行くことになってるんだけど……」

「ルクスくん。この休み何か予定ある？　なければ……」

休み前の最終授業日。俺はクラスメイトたちから集団旅行へ誘われた。

だが、彼らの誘いを受けることはできなくなってしまった。

俺としてはせっかく仲良くなったクラスメイトたちとさらに親睦を深めたいところだったのだが、問題が起きてしまったのだ。

誰かが……俺に対してあらぬ噂を流布したらしい。

帝国民の俺に対する感情が急激に悪化していると母が教えてくれた。

これを愉快犯の悪戯《いたずら》だと捉えられたら楽なのだが、そんな簡単なものではないだろう。

俺の考えでは、犯人は俺と次期皇帝の座を争っている何人もの皇子の誰かだ。

「そういう方法もあるのか……」

正直言って盲点だった。

まさか俺を追い落とすために帝国民を利用するとは。

ダストのやり方が直接的だったために、完全に不意を衝かれてしまった。

敵対心むき出しだった彼に対処するのは意外に簡単だった。

魔法の実力だけで事足りたからだ。

しかし今度の場合、俺がいかに魔法の実力に秀でているかは関係がない。

相手は、情報戦を仕掛けてきている。

こういうやり方もあるのだということを、俺は学ばなくてはならないだろう。

そしてなんとか俺に関する噂が事実無根であることを帝国民に知らしめる必要がある。

もしくは、何かしらの功績で俺への評価を上書きするか。

いずれにせよ、何も対処しないままでは、次期皇帝の座など夢のまた夢だ。

いくら皇帝になっても、民意を完全に無視することはできない。

すべての国民に望まれない皇帝など、存在し得るわけがない。帝国民の支持がなければ、結局は遅かれ早かれ俺の地位は危うくなるだろう。

まずは、誰が俺の噂を流したのかを突き止めなければならない。

「ルクス皇子を出せぇえええええ」

「ルクス皇子の皇位継承権を剥奪しろぉおおおおお」

「皇帝ルクスなんてクソ喰らえだぁあああああああああ」

「卑怯者!! 皇族の面汚しが！！！」

「兄弟殺しの鬼畜皇子！！！」

「デーブ皇子を暗殺したルクス皇子を許すな！！！」

後宮の前には連日のように、情報に踊らされ、怒り狂った国民がやってきて俺の皇位継承権を剥奪しろと騒ぎ立てる。

どうやら皇位継承権を剥奪され、帝都から姿を消したデーブの事件に、俺が関わっているという情報も流れているようだ。

皇帝は、デーブが姿を消した理由を公にすることはなかった。

それはおそらく禁忌の魔道具の存在が大きい。

かつて数々の大惨事を引き起こし、各国で禁忌とされている魔道具の使用を皇族が行ったとなれば、皇族の存在それ自体が問われかねない。

ゆえにデーブが姿を消した理由が帝国民向けに発表されることはなかった。

そして、そのことを利用した誰かが、デーブの失踪は俺の計画によるものだという噂を流した。

第七皇子ルクスは兄弟皇子を秘密裏に暗殺した卑劣な奴だ。

そんな噂が帝国民の間で囁かれることになり、俺の皇位継承権を剥奪しろとの動きが帝都で起こっているのだ。

もちろん今はまだこの動きが、帝国民の総意ではないだろう。

見たところ、俺に関する偽の情報を本気で信じているのは帝国民のほんの一割程度のように思える。

だがそれでも無視できない数だ。

放っておけば、だんだんと俺の悪印象が帝国民の間に定着し、俺の地位はどんどん危うくなっていくだろう。

そうなる前に手を打たなければならない。

「まずは敵を突き止めることだな……」

俺は魔法学校の長期休みの間にこの問題を解決すべく、動き出したのだった。

◇　◇　◇

後宮の裏手に広がっている魔の森。

強いモンスターが跋扈《ばっこ》する奥深くの地帯に、黒いローブに身を包んだ人影があった。

フードを深く被ったその人物の相貌は窺えない。

しかしわずかに覗いたその口元は、企みが成功したと言わんばかりに醜く歪んでいた。

『ォオオ……ォオオオオオオ‼』

フードの人物の前には一匹の巨躯のモンスターが横たわっていた。

生きている。

体に傷はないが、魔法により蔦がその体に絡まり、無理やり地面に押さえつけられていた。

「ククク……いい子だ……」

フードの人物はニヤリと口元を歪めると、荒く息を吐くそのモンスターにゆっくりと近づいていった。

そして針のような器具を使い、ドス黒い液体をそのモンスターに注入する。

『フゥウウウウウ‼　フゥウウウウウウウウウウ‼』

液体を注入されたモンスターの赤い瞳が大きく見開かれる。

皮膚の色がだんだんと黒ずんでいき、腕や足の筋肉が目に見えて肥大化していく。

ブチブチブチブチ‼

飛躍的に向上した筋力、膂力《りょりょく》をもってそのモンスターは、自らを縛る蔓《つる》の拘束を地面ごと破壊する。

『グォオオオオオオ！』

「いいぞ……素晴らしい……！　予想以上の変化だ！」

フードの人物は、すっかり様変わりを果たしたモンスターを見上げ、歓喜の声を上げる。

モンスターが天を仰ぎ、咆哮《ほうこう》を轟《とどろ》かせると、呼応するように周囲の空気がビリビリと震えた。

「魔族の血は……よく馴染むか？　化け物よ」

『グォオオオオオ!!』

「そうかそうか……ククク……いい子だ。お前には精一杯暴れてもらうとしよう」

『グォオオオオ!!』

「おっと」

モンスターがフードの人物に襲いかかる。

フードの人物は魔法障壁で、その攻撃から身を守る。

「なかなか重い攻撃だ。それなら、並大抵の魔法使いの防御を貫通するだろう……実験は成功だ。それでは……私は退散するとしよう」

フードの人物はそのまま木陰に身を隠し、その場を離れる。

モンスターは、フードの人物を深追いすることはしなかった。

その代わりに、何倍にも膨れ上がった自らの腕や足を確かめるようにその赤い目をもって見つめている。

『ォオオオオオオ!!』

やがてモンスターが、新たな力を歓迎するかのように吠えた。

ギャアギャア!!

アオーーーーン！

空気が、森が震える。

存在を魔の森全体に知らしめる強烈な咆哮に呼応して、あちこちでモンスターたちが鳴いていた。

『グゥウウ……』

魔の森全体に自らの存在を知らしめたモンスターは、ある方向を見据えた。

魔の森の出口、後宮へと続く道。

『グゥウ……グォオオオ……』

ドスン……ドスン……

重々しい足音を響かせて、モンスターは進撃を開始した。

◇　◇　◇

帝国魔法学校は長期休みに入り、俺は一日の大半を後宮ですごしていた。

いつもなら暇さえあれば魔法の修業に明け暮れているのだが、現在はそうも言っていられない。

何者かが、俺に関する噂を流布し、現在帝国民の間で俺に対する感情が悪化しているのだ。

放置しておけば、事態は悪化するばかりなので俺には対策を講じる必要があった。

「ルクス様。どうやら各地で発行されている刊行物によってあなたの噂が広められているようです」

「そうか……」

皇帝ガレスの命により中央右殿に移り住むことになった俺とソーニャ。

それに伴い好きなように使える従者の数も増えたので、俺は彼らに頼んで俺に関する噂の出所を調べてもらった。

その結果、帝都各地で発行されている新聞が噂の出所であることがわかった。

「ご苦労だった」

「いえ、これしきのことは。また何か用向きがあればなんなりと」

「ああ」

俺に情報を持ってきた従者が出ていく。

俺は部屋で一人、この事件の犯人について考える。

「刊行物を売っている連中は、皇室からは独立している。しかし……誰かが彼らを操っているのは明白だ。となると……」

俺が疑っている商会はいくつかあった。

それらの商会と関係が深い貴族、そして皇族のことを考えると自ずと黒幕の全貌が見えてくる気がした。

「たしか……〝あの皇子〟の母の実家と、件《くだん》の商会は深く結びついていたはず。となると……」

俺の頭に一人の皇子の顔が思い浮かぶ。

「まさか……あいつが……？」

俺は信じられない思いだった。

その皇子は、とても今回のような手段を使って俺を貶めようとする人物に思えない存在だったからだ。

どちらかといえば道化。

皇位継承にも強い興味を示しているわけではなく、むしろその時もっとも力が強いと思っている兄弟に付き従うような男だ。

「いや……本性を隠していたのか……この時のために……」

その人物は、俺の目にはとても気が弱く、いつもビクビクと怯えて無害そうに見えたが、もしかしたらそれは周囲を騙し、陥れるための演技だったのかもしれない。

「警戒しておくか」

今のところ集めた情報は、その皇子を黒幕として示している。

俺は、この事件の犯人かもしれない人物……第四皇子のキースを黒幕として警戒することにしたのだった。

第八話　巨獣退治

帝城の中央殿を厳かな空気が支配していた。

皇帝の命令により集められたのは、皇位継承権を有している皇子たちだった。

周囲より一段高くなっている床に鎮座している玉座に座っている皇帝ガレスは、俺たち皇子を順番に眺めていった。

「来たか」

やがて、皇帝ガレスが口を開いた。

皇子たちが表情を引き締め、皇帝のお言葉に耳を傾ける。

「お前たちに頼みがあってな。私直々にことの対処に当たっても良かったのだが……私も歳だ。国を守る職務をお前たちに任せたい」

「「「……!?」」」

皇帝の言葉に、即座にこれが重要な案件だと悟った皇子たちは一気に緊張した表情になる。

皇帝がそんな皇子たちの前で、背後に控えた配下たちに向かって合図を出した。

「もってこい。直接見た方が、早いだろう」

間もなく中央殿の後方の扉が開かれ、玉座の間に〝何か〟が運び込まれてきた。

「うっ」

「これは……」

「ひどいな……」

皇子たちは顔を顰める。

何人かの従者たちによって運ばれてきたのは、見るも無惨な兵士の死体だった。

鉄の鎧は引き裂かれ、肉が断ち切られ、臓物が飛び出している。

表情は死ぬ間際の恐怖で歪んでおり、目からは涙が垂れている。

死体は数体あるようで、中には人の原形をとどめていないような目も当てられないものもいくつかある。

「父上……これは？」

一人の皇子が見かねて、皇帝にそう尋ねた。

皇帝が無感情な瞳で死体を見下ろしながら言った。

「魔の森の警戒にあたらせていた兵士たちだ。犠牲者はここにある死体の十倍以上だ」

「十倍……」

「それは……」

「一体何が……」

ざわめきが広がる。

俺は改めて死体を見た。

腐臭を放ち始めている兵士たちの死体は、どう見ても人間によって殺されたようには見えなかった。

巨大な〝獣〟がまるで玩具《おもちゃ》のように弄《もてあそ》んだ後。

そんな風に表現するのが一番しっくりくるような殺され方だった。

皇帝の口ぶりから察するに犠牲者は数十名に上っているのだろう。

魔の森で、何かが起こっていると考えた方が良さそうだ。

「父上……まさかモンスターハザードですか？」

また別の皇子が口を開いた。

いかにして兵士が殺されたのかを皇帝に問う。

皇帝が首を振った。

「違う。すべて一匹のモンスターの仕業だ。目撃者がいる。見たこともないような〝黒いモンスター〟が、兵士たちを一瞬にして全滅させたとな。今までに見たどんなモンスターよりも速く、パワーがあったらしい」

「これだけの犠牲を一匹で……」

「信じられん……」

「たとえ上級モンスターであったとしても、これだけの犠牲を出すのは通常不可能だ……」

皇子たちの動揺は十分に理解できた。

魔の森の警戒にあたっていたのはよく訓練された兵士たちだ。

そんな彼らを、数十人単位で殺せるモンスターなど尋常じゃない。

もしこのモンスターが魔の森を抜けて、帝都に彷徨い込んでしまったら、すさまじい数の犠牲者が出るのは火を見るより明らかだ。

俺は皇帝が俺たちをここに呼んだ理由が見えてきたような気がした。

「この国を治める者として、この事態を放ってはおけない。お前たちにぜひ対処を望みたい。具体的には……生き残った兵士が目撃したという〝黒いモンスター〟を討伐し、その首を持ってこい」

「「「……！」」」

「モンスターを討伐した者には……栄光の証としてこのダモクレスの剣を授けよう」

従者が皇帝に剣を渡した。

皇帝は鞘に収められていたその剣を皇子たちの前で抜いてみせた。

腹に紋章の彫られた剣は、外気にさらされてキラキラと輝いた。

「「「おぉ……！」」」

皇子たちや従者たちが、剣の美しさにどよめく。

ダモクレスの剣。

それはこの国の統治者に代々受け継がれてきた伝統の剣だ。

玉座の背後に彫られた壁画の中では、この剣を掲げる帝国初代国王が描かれている。

帝国の皇族や国民にとって、非常に象徴的で重要な意味を持つ剣なのだ。

「誰でも良い。わが息子たちよ。怪物を討伐し、国を守れ。この剣は、強き統治者にこそ相応しい」

「「御意に！」」

皇子たちが皇帝に向かって忠誠を誓う姿勢をとる。

「頼んだぞ」

皇帝は最後に皇子たちに視線を一巡させてから、従者とともに玉座の間を後にした。

「「……」」

皇帝が去ったあと、皇子たちが殺気立った空気で見つめ合う。

いかにして相手を出し抜くか。

どのようにしていの一番にモンスターを討伐するか。

彼らは早くも、さまざまな戦略をその頭に巡らしているように見えた。

「ダモクレスの剣か……」

もちろん、剣を皇帝から贈呈されたからといって、その人物が即次期皇帝となるわけではない。

だが皇帝よりダモクレスの剣を賜れば、間違いなく皇位継承者の地位を手繰り寄せることができる。

何より……

「噂の払拭……叶うかもしれないな……」

俺にはこの皇帝からの命を全力で実行する個人的な事情がある。

誰かが流した俺に関する悪い噂。

もし俺が件のモンスターを討伐し、戦果を上げれば、それを一気に払拭することも叶うかもしれない。

「あとは他の皇子たちがどう動くかだが……」

となると、心配なのは他の皇子たちの動向である。

魔法に関しては彼らに負けるつもりなどないが、皇子たちも自分一人でモンスター討伐に挑むのではなく、戦闘に優れた従者を多数投入してくる可能性があった。

油断はしていられない。

「……」

俺は互いに睨み合っている皇子たちを観察する。

すると、ちょうどこちらを見ていたある皇子と目が合った。

「……！」

第四皇子のキースは、俺と目が合ったことに気づくと、怖いぐらいに敵意を感じさせない純真無垢な笑顔を浮かべたのだった。

「ダモクレスの剣は俺のものだ。お前たちは何もするな。邪魔になるだけだ」

皇帝が去ったあとの玉座の間。

ダモクレスの剣を巡るライバル関係となった皇子たちが、互いに睨み合う中、第二皇子のダストがそんなことを言った。

玉座の間に集められた他の皇子たちを睨み、威嚇している。

「その言い方はないんじゃないですか？」

「なんの権限があってそんなことを？」

「皇帝陛下は誰でもいいとおっしゃられた。当然、私たちもモンスターの討伐に参加します。あなたに指図される謂《いわ》れはありませんよ」

皇子たちはダストの物言いに気圧されることはない。

むしろ小馬鹿にしたような嘲笑とともに堂々と言い返している。

「なんだと!?」

皇子たちの舐め切った態度にダストが憤慨する。

肩を怒らせ、苛立ちを隠すことなく喚き立てる。

「俺に従え！　お前らは邪魔なんだ！　モンスターは俺が討伐する！　ダモクレスの剣は俺のものだ！」

「はっ」

「ふん」

「……」

ダストの声は虚しく響いた。

以前のダストの言葉なら、それなりに影響力があったし他の皇子も耳を傾けることくらいはしただろう。

少なくともダストを立てたり、最低限の敬意は見せるはずだ。

しかし今のダストの扱われ方は、全く違う。

自分の力を誇示したいがためにエリザベートを危険な目に遭わせ、皇帝陛下から後宮の狭い部屋へ移るよう命令されてから、明らかにダストの発言力は落ちていた。

ダストが以前のように傍若無人な態度を取り、無理やり自分の意見を押し通そうとしても、もはや誰も相手にしない。

それどころか、皇子たちは必死なダストを嘲笑い、煽るようなことすら口にしてみせた。

「そりゃあ、あなたにとっては今回の皇帝の命はまたとない機会なのでしょうが」

「落ちぶれた名誉を挽回するチャンス。そう意気込むのもわかります」

「ですが皇帝陛下は我々全員にチャンスをお与えになった」

「よって当然ながら私もモンスターの討伐に参加させてもらいますよ。重ねて言いますがあなたの指示は受けません、ダスト兄さん？」

「そもそもルクスに負けたあなたに本当に件のモンスターの討伐が可能なのですか？」

「貴様らあああ」

ダストが怒りに顔を真っ赤にする。

軽んじられ、煽りを受けた屈辱に対する怒りが抑えられないらしく、剣を抜き放ち、皇子たちに向かっていこうとする。

「や、やめてくださいダスト兄さん！」

一触即発の緊張した雰囲気の中、ダストと他の皇子の間に入り込んで仲裁を行う者がいた。

「退けキース！　邪魔だ！」

「落ち着いてください！　これ以上ここで暴れるのは兄さんの立場を悪くするだけです！　冷静になってください！」

キースはそう言い募り、必死にダストを止めようとする。

「うるせぇ！　そんなの知るか！　俺を馬鹿にしやがった奴は許さん！　タダでおけるか！」

「ここで仲間割れを起こして他の皇子を傷つければ皇位継承権の剥奪もあり得ますよ！」

「……！」

キースの言葉にダストが動きを止めた。

自制の利かないダストであっても、流石に皇位継承権を剥奪されると言われて、理性が働くようだ。

歯を食いしばり、煽ってきた皇子たちを睨みつけるが、なんとか怒りを抑え、剣を腰の鞘に収めた。

「くそが……今日のところは勘弁してやるよ」

そう言って肩を怒らせて、玉座の間を後にした。

「はぁ……」

キースがほっと胸を撫で下ろす。

「やれやれ」

「イカれ皇子が」

「タガが外れているな」

「ふん。斬りかかってきても、返り討ちにしてやったがな」

ダストが去ったあと、緊張していた空気が一気に弛緩し、他の皇子たちも安堵した様子を見せている。

「さて、そろそろ行くか」

「あまりぐずぐずしていられないしな」

「色々準備がある。俺も退散させてもらうとしよう」

「件のモンスターを討伐し、ダモクレスの剣を陛下より賜るのは俺だ。見ているがいい」

やがて、他の皇子たちもさっさとモンスター討伐の準備を始めようと、続々と玉座の間を後にする。

「キース。さっきは助かったぞ。一応礼を言っておこう」

「な、何事もなくてよかったです」

去り際に一人の皇子がダストを止めたキースにお礼を言った。

肩をポンポンと叩き、感謝の言葉を口にはしているのだが、完全に自分より弱者を前にした時の見下した態度をとっている。

こいつはライバルじゃない。

そんな思惑が透けて見えるようだった。

俺は二人の会話を注意深く観察する。

「しかし、まさかお前もこの討伐に参加するのか？」

「も、もちろんです！　僕だってこの国の皇子ですから！」

「はっはっはっ。そうかそうか。てっきり怖がって討伐には参加しないのかと思ったぞ」

「なっ⁉」

「一番弱虫のお前には荷が重いだろ？　後宮にこもってた方がいいんじゃないかな？」

「ぼ、僕だって魔法にはそれなりの自信があります！　討伐には参加するつもりです！」

馬鹿にされたキースが、肩を怒らせてなんとか自分を大きく見せようとする。

だがその様子は、小動物が肉食獣を前に必死に突っ張っているようにしか見えず、なんとも滑稽だった。

対応している皇子は小馬鹿にしたようにキースの覚悟を鼻で笑い飛ばす。

「そうかそうか。ま、がんばれ。応援してるぞ」

「ば、馬鹿にしないでください！」

「してないって。それじゃあな」

キースを煽った皇子が手をひらひらと振って去っていく。

キースはその後ろ姿を少し潤んだ悔しげな瞳で睨んでいる。

バタンと扉が閉まり、残ったのは俺とキースだけになった。

「……」

俺はキースをじっと観察した。

本当にこいつが俺の噂を広めた黒幕なのだろうか。

普段の周囲に対する態度からはとても想像がつかない。

先程も自ら危険を冒してダストと他の皇子の仲裁に入っていた。

そんな人物が、悪評を流布し、帝国民を利用して俺を引き摺り下ろそうとまでするだろうか。

「ルクス……いたんですね」

キースが俺の視線に気づいた。

「ああ」

俺たちはしばらく互いを見つめ合う。

「お互いにとっていい機会ですよね」

「は？」

「僕は、今回モンスターを討伐して僕自身に対する印象を払拭したい。周囲から弱虫だって思われてる自覚はあるんです」

「……」

「ルクス。あなたも同じでしょ？　今回のことはいい機会だと考えているはずです」

「……どういう意味だ？」

キースの口元が一瞬歪んだ。

「さあ、どういう意味でしょう？」

「……」

キースはすぐに表情を元に戻し、一言別れを言ってその場を去っていった。

俺はキースの後ろ姿を睨みつける。

確証はない。

だがあいつは何かを隠している。

少なくとも普段周囲に見せている性格が本当のキースの本性でないことは確かだった。

◇　◇　◇

その日、帝都の冒険者を統括する冒険者ギルドの内部は緊張した空気で満ちていた。

いつもは酒を飲んだり、騒いだりしている冒険者の声で活気があるギルドなのだが、今は全員が押し黙り、中心で行われていることを固唾を呑んで見守っている。

「こ、これはこれは……第三皇子のヴォルグ様。ようこそお越しくださいました……い、一体何の御用でしょうか？」

「お前がこのギルドの長か？」

ギルド内にいる冒険者、受付嬢、職員などの視線を一斉に集めている中心には二人の人物がいた。

一人はこのギルドの長であるカイロス。長い髭《ひげ》を蓄えた白髪の老人である。

そしてもう一人が、金髪碧眼、長身の人物。

つい先程突然ギルドに踏み入って正体を明かした第三皇子のヴォルグ・エルドである。

突然の皇族の出現にギルド内が騒然となる中、ヴォルグはまるで召使いにそうするようにギルドのギルド長を呼びつけたのだった。

皇族がギルドにやってきたと聞いて慌てて飛んできたカイロスは、皇族の逆鱗に触れないようビクビクしながらヴォルグに対応する。

「冒険者を貸せ。一番強い奴だ」

ヴォルグは挨拶もなしに開口一番にカイロスに対してそう言った。

「か、貸せ、とは……？」

カイロスが震え声で言葉の意味を尋ねる。

「魔の森で〝黒いモンスター〟を倒さなくてはならない。そのために、今いる冒険者の中で一番強い奴を貸せ」

「ま、魔の森の〝黒いモンスター〟……ま、まさかあの化け物を……？」

「そうだ」

カイロスはごくりと喉を鳴らした。

魔の森に出現した〝黒いモンスター〟に関してはすでに帝都の冒険者たちの間でも噂になっていた。

曰く、全身に黒い血管のようなスジを走らせ、見たこともないような速さ、膂力で暴れ回っている化け物が魔の森にいる、と。

すでにギルド所属の冒険者たちの中にも犠牲者が出ていた。

少し前、魔の森で別のクエストに当たっていた中堅冒険者パーティーが、一人を残してその〝黒いモンスター〟に全滅させられたのだ。

生き残った回復役は、涙ながらに自分が見たことを冒険者たちに話した。

仲間が全く歯も立たずにやられてしまったこと。

〝黒いモンスター〟は、まるで弄ぶかのように仲間たちを引きちぎり、噛み砕いたこと。

その〝黒いモンスター〟は、今まで見たこともない程の膂力を持っていたこと。

冒険者たちは全滅したパーティーの生き残りがもたらしたそのような情報に震え上がり、魔の森でのクエストを受ける者がめっきり減ったのだ。

カイロスは、ヴォルグの出現により、まだ〝黒いモンスター〟は魔の森の中にとどまっていることと、そして事の重大さを知った皇族がついに討伐に乗り出したことを理解した。

「知っているなら話が早いな。すでに魔の森を警備していた兵士が数十名単位で死んでいるんだ。そこで俺たち皇族が討伐に乗り出した。お前たちには帝国民として協力する義務がある。よって、今このギルドにいる一番強い冒険者を俺に貸せ」

「も、もちろん協力はいたします……しかし、冒険者本人の意思というものがありまして……」

「何、従わせるさ。冒険者どもが金の亡者なのは知っている。まずはあんたにこれをやろう」

ヴォルグがそう言ってカイロスの足元に袋を落とした。

じゃらりと音が鳴って、袋いっぱいに詰まっていた何かが地面に転がった。

「なっ⁉」

それは金貨だった。

カイロスが信じられない表情でヴォルグを見上げた。

ヴォルグが金貨を指さしながら言った。

「これを報酬として支払おう。ギルドに半分、俺に協力する冒険者に半分だ」

ざわめきがギルド全体に広がった。

「どうする？」

「やるか？」

「俺にできるか？」

「あれだけあれば10年は遊んで暮らせる」

「命をかける価値のある額だ」

「俺はごめんだね」

「金は欲しいが命には代えられない」

そんな冒険者たちの会話があちこちから聞こえてくる。

「え、Aランク以上だ！」

カイロスが地面に落ちた金貨をせっせと集めながら言った。

「誰か勇気のある者は名乗り出よ！　ヴォルグ様の期待に添える活躍をすれば、この袋に入った金貨半分に加え、冒険者ランクの上昇も約束する！」

冒険者たちの間のざわめきが大きくなる。

冒険者ランクとはギルドから冒険者たちに与えられた格付けであり、上に行けば行く程待遇も良くなる。

冒険者の立場もランクいかんによって決まり、上級冒険者たちはギルドから大金を借りたり、希少な装備を持ち出したりすることができるようにもなる。

カイロスが追加した条件に冒険者たちはいよいよ色めき立ち、何人かの冒険者が名乗りを上げようと立ち上がりかけた。

その時だった。

「あたしがやろう」

声が響いた。

ハスキーな、女の声だ。

「ん？　今のは……お前か？」

ヴォルグが声のした方を向いた。

そこには短い赤毛の、整った顔立ちの女が立っていた。

自信に満ちた瞳で、ヴォルグの元へ歩いていく。

「女？　だと……？」

「ああ。そうだ。女だ。でも、このギルドで一番強い」

名乗りを上げた女冒険者が、ギルド内を見回した。

「アイシャが行ったぞ……」

「くぞ、先を越された……だがあいつには勝てん……」

「くっ……悔しいが……この中じゃあいつが適任かもな……」

立ち上がりかけていた冒険者たちが、悔しげな表情で座り直した。

「ふむ……強いのか、お前は」

周りの冒険者たちの反応を見て、一定の実力をアイシャに認めたヴォルグがそう問うた。

アイシャが不敵に笑う。

「強い。とんでもなくね。間違いなくあんたの期待する働きができる」

「そうか。なら、お前でいい」

ヴォルグがアイシャに右手を差し出す。

アイシャがニッと笑い、ヴォルグを見返す。

「あ、アイシャ……お前が行ってくれるか……た、頼んだぞ！　必ずや〝黒いモンスター〟を討伐し、ヴォルグ様の役に立つのだ」

「任せとけって」

望みをかけるようにアイシャにそんなことを言うカイロスに、アイシャが余裕の笑みを見せた。

「私の分の金、しっかり取っておけよ。すぐに私らの仲間を弄んでぶっ殺したっつーモンスターの首を持ってくるからよ」

◇　◇　◇

帝都の貧民街の捨てられた廃屋。

その地下に存在する真っ暗な空間に、蝋燭《ろうそく》の炎が灯り、二人の人物の影が地面でゆらゆらと揺れていた。

二人の上下関係は明らかだった。

一方が足を組んで椅子に座り、もう一方は相手の顔を仰ぐのも恐れ多いと言わんばかりに地に額を擦り付けていた。

椅子に腰掛けた男……黒いローブを身に纏った怪しげな雰囲気の人物が、自分の足元に伏せている人物を見下ろしながら口を開いた。

「報告せよ」

「はっ」

従者と思しき男が、黒いローブの人物に帝都を走り回って得た情報を報告する。

「帝都に潜伏している同胞たちより上がった情報をご報告します。まず……あなた様のお造りになった怪物は、予想を遥かに上回る働きをしています」

「ほう」

「魔の森で暴れている怪物は、すでに帝都の冒険者や皇族たちの兵士に多大な犠牲を出しています。

ここまでで五十名以上の人間が犠牲になったようです」

「素晴らしい」

黒いローブの人物が満足げに頷いた。

「続けろ」

「あなた様の予測した通り、皇族が動き出しました。どうやら数いる皇子たちに、皇帝が怪物の討伐を命じたようです」

「そうか……やはり皇族が動いたか……」

フードから覗く口元がニヤリと歪められる。

黒いローブの人物は、ことが計画通りに運んでいることに対する喜びを隠しきれないようだった。

「計画通り、皇族や冒険者たちの関心は今、魔の森の怪物に集中しています。本命を仕込む時が来たかと思われます」

「そうだな」

黒いローブの人物が椅子から立ち上がった。

そして地下の天井、その朽ちた穴から、わずかに見える空、そして天を仰ぐ。

「怪物を……もう一匹作り出す。そして帝都の中に解き放つ。か弱い人間どもは、なす術なく蹂躙されるだろう。戦える者もおそらく大部分が魔の森の一匹目に引きつけられ、十分に機能しないだろう。被害規模は災厄級にまで拡大するはずだ」

「はい。その通りだと思います」

「増殖させ、地上の支配者だと豪語する傲慢不遜な人間どもに思い知らせてやるのだ。我らの存在を。誰が真の強者なのかを。そのために、多くの人間に死んでもらわなくてはならない」

「はい……すべては我らのために」

「ああ」

黒いローブの人物がフードを脱いだ。

その皮膚は、紫色に輝いていた。

「すべては魔族のために、魔王様のために」

◇　◇　◇

帝都最大の盗賊ギルド、レッドラバーの本拠地は騒然となっていた。

ゆったりとした昼下がりの時刻に、突然従者を引き連れた皇族がやってきたからだ。

重要な頼みがあると物腰柔らかな態度で盗賊ギルドの長を呼び出したその皇子は、秘密の話し合いがしたいとギルド長に頼み込んだ。

ギルド長は、ビクビクしながらその皇子を奥の密室に案内した。

「ここなら誰にも話を聞かれることはないでしょう」

「ありがとうございます。急な頼みで申し訳ないです」

「い、いえ……皇族様の頼みとあっては断れません……何か、我々にできることが？」

盗賊ギルドのギルド長……クリストフは、皇族にしては非常に丁寧で、物腰柔らかな皇子の態度に内心安堵しながら用向きを聞いた。

「いえ……難しい頼みではないのです」

皇子は出されたお茶に口をつけながら言った。

「盗賊の方々は隠密《おんみつ》魔法に長けている方が多いと聞きます」

「ええ、それはもちろん」

「それはよかった。では、誰か一人、隠密魔法を得意とする盗賊を僕につけてくれませんか？　もちろん報酬は出します」

そう言って皇子は、ごとっと重そうな袋をテーブルの上に置いた。

ごくりと、クリストフの喉が鳴る。

中身を確認しなくてもそれが大量の金貨だと盗賊の彼にはわかった。

「も、もちろんです！　このギルド最高の盗賊をあなたにつけますよ」

「助かります。ちなみにその方《かた》は、自分だけでなく僕やその他の数名の従者の存在を隠すこともできますか？」

「できますとも。集団の存在を隠密魔法により隠すのは容易ではありませんが、味方の協力のもとにそれが可能である盗賊は何人かいます」

「よかったです。ではその方《かた》に協力を要請してください。その方《かた》にもこのギルドに支払うのと同等以上の報酬を約束します」

「ははーっ。すぐに連れてきますのでっ。少々お待ちを」

クリストフはそう言って慌てたように部屋を出ていった。

「ふぅ……なんとかなりそうだね」

静かになった部屋で、両脇を従者に固められながら、第四皇子キースは出されたお茶を優雅な仕草で嗜《たしな》んだ。

第九話　汚名返上

「ルクス……気をつけるのよ……」

「わかっているよ、母さん」

出発の日。

後宮から出ようとした俺を、母さんが見送ってくれる。

これから皇帝ガレスの命令に従い、俺は魔の森で〝黒いモンスター〟狩りに出ることをソーニャに伝えた。

するとソーニャは俺のことを心配して、後宮の入り口まで見送りに来てくれた。

俺がしばらくの別れを告げると、ソーニャの暖かい抱擁が俺を包み込んだ。

「話はだいだいわかったわ。あなたは自分のために、エリザベートちゃんのために、そしてもしかしたら私のために、その〝黒いモンスター〟を倒さなければならないと考えているかもしれない」

「はい」

「でも、私にとって一番大切なのは権力でも地位でもなくあなた自身なの。だから無理はしないで。絶対に死なないって約束できる？」

「安心してください、母さん。僕は死にません。必ずモンスターを討伐してここに帰ってきますよ」

「……必ずよ。ルクスちゃん。あなたの言葉、信用しているからね？」

ソーニャはよほど俺のことが心配なのか、何度も何度も無事に帰ってきてくれと言い聞かせてからようやく俺を解放してくれた。

きっと警備の兵士が何名も惨殺されたという情報を聞いて不安になっているのだろう。

俺とてあまり母さんを心配させるのは本意ではない。

けれど他の皇子はすでに〝黒いモンスター〟討伐に動き出している。

彼らは俺と違い、自力でモンスターの討伐に乗り出すよりも、その地位やコネクションを最大限活用して誰よりも先に皇帝の命令を遂行しようとしてくるだろう。

すでに他の皇子たちが、冒険者ギルドの冒険者や盗賊ギルドの腕の立つ盗賊たちに協力を仰いでいるという情報も小耳に挟んでいる。

彼らに先を越されないためにも、俺もあまりぐずぐずはしていられない。

いずれにしろ第四皇子キースが俺に被せたと思われる汚名を返上しないことには皇帝の地位など夢のまた夢だ。

だからソーニャの俺の身を案じる気持ちはわかるが、俺は必ず〝黒いモンスター〟を討伐しなければならないのだ。

「必ず帰ってくるから、母さん。安心してほしい」

俺はソーニャを安心させるためにその目をまっすぐに見てそう伝えた。

するとソーニャはようやく安心したように強張っていた表情を崩し「いってらっしゃい」と俺を送り出してくれた。


「あまり俺から離れるな」

「「「は、はい……！」」」

数名の従者を伴って、俺は魔の森を歩いていた。

彼らには数日分の食料を携帯してもらっている。

俺は食料が尽きるまでこの魔の森に潜伏し、〝黒いモンスター〟狩りを続けるつもりでいた。

「あ、あの……ルクス様？」

背後からついてきている俺に、従者の一人が恐る恐る聞いてくる。

「ご、護衛をつけた方が良かったのでは……？」

「ん？　何がだ？」

「討伐対象のモンスターは非常に凶暴であると聞きます。これだけの人員で果たして大丈夫でしょうか……」

従者は不安そうな声でそんなことを聞いてくる。

俺は前を向いて歩きながら言った。

「護衛の数ばかり増やしても逆に危険だ。人数が少ない方が守りやすい。安心しろ。戦闘はすべてこちらで担当する。お前たちは手出しする必要はない。絶対に誰も死なせないと、この名に誓おう」

「も、もったいないお言葉です……ですが我々はあなたのしもべですので、まずはご自分の命を優先されてください……」

「そういうわけにはいかない。まぁ……とにかく大船に乗ったつもりでいてくれ」

「はぁ」

従者の不安げな様子は払拭されない。

まぁ無理もないだろう。

〝黒いモンスター〟の噂はすでにかなり広範囲に知れ渡っている。

後宮や帝城に仕える兵士、従者、使用人たちは〝黒いモンスター〟がどれほど恐ろしいかすでに十分知っていることだろう。

ゆえに自分たちが惨殺された護衛の兵士たちと同じ目に遭わないか心配なのだ。

食料を持って逃げられでもしたら厄介だな……もう少し信用の置ける従者をつけるべきだったか……

俺がそんなことを考えていた矢先の出来事だった。

「うわぁあああああああああ!?」

魔の森の奥からつんざくような悲鳴が聞こえてきた。

◇　◇　◇

第三皇子ヴォルグに雇われた冒険者アイシャは、先陣を切って森の中を歩いていた。

「さーて、件の〝黒いモンスター〟とやらはどこにいるんだ……？」

腰の武器に手をかけ、周囲を警戒しながら、魔の森の奥へ向かって進んでいく。

その少し後ろを、たくさんの護衛に守られながら進んでいくのが第三皇子のヴォルグだ。

ヴォルグは自分の配下から選び出した特に腕の立つ騎士たちにガッチリと周りを固めさせ、絶対に安全だという布陣を築きながら、〝黒いモンスター〟の討伐に挑んでいた。

「おい……！　アイシャとやら……！　モンスターの気配はないのか？」

「まだないな……！　雑魚の気配はあるが……強いモンスターの気配はまだ感じられない！」

騎士たちに囲まれて森の中を進むヴォルグは、前方にいるアイシャに問いかける。

アイシャは視線は前に向けたまま、ヴォルグに返事をする。

「一応忠告しておくが……俺は戦闘に参加しないぞ？　基本的にお前がその〝黒いモンスター〟との戦闘を担当するんだ。俺は皇子だからな。常に安全が確保されている必要がある。ゆえに騎士たちも加勢はできない」

「わかっているって」

アイシャがまるで緊張感の感じられない返事をする。

「むしろ下手に手を出されたら困るよ、皇子様。せっかく久しぶりに楽しめそうなんだ。そのモンスターとは絶対に一対一で戦いたい。私が危なくなっても手出しは無用だ」

「はっ……その言葉、信用するぞ」

戦闘狂め……冒険者はみんなこうなのか？　とヴォルグはアイシャに聞こえないように呟いた。

一方のアイシャは、瞳をぎらつかせ、戦闘に飢《う》えた目をしながら、討伐対象である〝黒いモンスター〟を探した。

「止まれ……！」

一行の戦闘を歩いていたアイシャは不意に足を止めた。

それに伴い、後続のヴォルグと護衛の騎士たちも足を止める。

「どうかしたのか？」

「何かが来る……！　ものすごい速さだ……！」

「なんだと……⁉」

ヴォルグが声を上げる。

騎士たちが動揺し、武器を構える。

空気が一気に緊張する。

「お出ましか……？」

アイシャが不敵な笑みとともに、腰の剣を抜いた。

ドドドドドドドドドドドド‼

遠くから、地鳴りのような足音を響かせて何かが接近してくる。

大木を薙ぎ倒し、けたたましい咆哮を撒き散らしながら、黒い塊が一行に接近しつつあった。

「な、なんだよあれ……⁉」

ヴォルグの口から悲鳴じみた声が漏れる。

黒い怪物。

そうとしか表現ができないような何かが信じられない速度で向かってくる。

その怪物が地面を蹴るたびに、太い根っこが張り巡らされた大地がえぐれる。

行く手にある大木はその体に衝突した瞬間に折れ、ひしゃげ、破砕する。

ヴォルグは、今までに見たこともないような圧倒的な膂力をその〝黒いモンスター〟から感じ取っていた。

「間違いない……！　こいつが〝黒いモンスター〟だ……！　おい冒険者、気をつけろ……！」

「ようやく来たか……！」

アイシャが歓喜の声を上げる。

自身より弱いモンスターとの戦闘を作業のようにこなし、金を稼ぐ日々に飽き飽きしていたアイシャは、興奮の滲んだ声とともに〝黒いモンスター〟との戦闘に身を投じていった。

『ヴォガアアアアアアアアア‼』

魔の森に怪物の咆哮が響き渡る。

アイシャは大木を薙ぎ倒し、こちらに突進してくる怪物に対して武器を構え、突っ込んでいく。

ギィン!!

アイシャの繰り出した剣と怪物の爪がぶつかり、鈍い金属音を響かせる。

「ぐ……っ」

『ヴォォオオオオ!!』

怪物の一撃を受け止めたアイシャの表情が苦痛で歪む。

それは信じられない程に重い一撃だった。

冒険者ギルドに所属する数多《あまた》の冒険者の中で最強と謳われたアイシャをもってしても、押されてしまう程の力だった。

アイシャはなんとか拮抗を保っているのがやっとだった。

地面に深く足がめり込み、腕に負担がかかる。

ミシミシと筋肉が、骨が、嫌な音を立てる。

『フシュゥウウウウウウ……』

怪物の息が至近距離で吹きかかる。

血生臭い臭いとともに、腐敗した臭いが鼻腔《びくう》を襲い、アイシャは吐きそうになる。

「なんだこの化け物……こんな奴見たことないぞ……」

アイシャはなんとか怪物と互角に相対しながら、もう一度その巨躯《きょく》を観察する。

対峙する〝黒いモンスター〟は、アイシャが今までに一度も遭遇したことのない未知のモンスターだった。

十年以上も冒険者活動を続けてきたアイシャは、これまでにあらゆるモンスターと対峙してきた。

ドラゴンやトロールのような怪物たちとも渡り合ったことがある。

だが、目の前の化け物は今までに対峙してきたどのモンスターとも違っていた。

その全身は、異常な程の黒で染められていた。

額にはいくつもの角が生え、手足の爪は地面に食い込む程に伸びている。

筋肉は破裂してしまいそうな程に肥大化し、全身には黒い血管のようなものが走っていた。

「未確認のモンスターか……？」

モンスターの種類を特定しなければ、弱点を探ることもできない。

だがのんびり思考を巡らせている余裕はなかった。

『ヴォォオオオオ‼』

〝黒いモンスター〟がもう片方の腕で、アイシャを引き裂こうと攻撃を仕掛けてくる。

両腕に同時に対応するのは無理だと判断したアイシャは、地面を蹴って距離をとった。

ザクッ！

「……っ」

思ったよりもはるかに〝黒いモンスター〟の攻撃は速く、アイシャはその長い鉤爪によって攻撃を僅かにもらってしまう。

「マジかよ……」

掠っただけだったのだが、胸のプレートがまるで紙のように引き裂かれてしまった。

そのあまりの攻撃力にアイシャは目を剥いた。

強敵との対決を想定して特注している防具が、この怪物の前ではなんの役にも立たない。

そのことを悟ったアイシャは、すぐさま防具を脱ぎ捨てて身軽になった。

防具が身を守る役目を果たさないのなら、ない方がマシだ。

アイシャは防具を完全に脱ぎ捨てて身軽になり、〝黒いモンスター〟と対峙する。

『ヴォォオオオオオ‼』

怪物が吠えた。

メキメキメキメキ……！

「嘘だろ……まだ強くなるのか……⁉」

全身に走っている黒い血管がどくどくと脈打ち、筋肉がさらに膨張していく。

目に見えて膂力が上がっていくのがわかった。

アイシャは絶望する。

当初は手応えのあるモンスターとの戦闘を楽しむつもりだったアイシャの心に、初めて恐怖が芽生えた。

目の前の怪物に勝てる光景が思い浮かばなかった。

「あたしは死ぬのか……こんなところで……」

絶望する思考とは別に、体は動いていた。

〝黒いモンスター〟の一撃がアイシャに迫る。

咄嗟にアイシャは剣で身を守った。

だが、それが間違いだった。

ガキッ!!

「うぐっ⁉」

体に衝撃が降ってきた。

それと同時に、意識を失いそうになる痛みも。

アイシャの体は吹き飛ばされ、遠くの地面に転がった。

「ぁ……あぁああ……」

アイシャは起き上がって自身の体に起こった惨状を見る。

身を守るために咄嗟にガードに使った剣はひしゃげていた。

そして防ぎきれなかった怪物の攻撃を受けた自身の肉体は、あちこちが引き裂かれ、血に塗れていた。

傷口が熱い。

意識が飛びそうになるのを歯を食いしばって耐えながら、アイシャは前方を仰いだ。

「……っ⁉」

『ヴォォオオ……』

目の前に黒い怪物がいた。

目視すら叶わない速度で距離を詰めてきたのだと気がついた。

怪物の右腕が上がる。

それが振り下ろされれば、アイシャはいくつにも引き裂かれ、痛みを感じる間もなく絶命するだろう。

アイシャは死を悟り、目を閉じた。

「お、お前ら……！　あの怪物を止めろ……！」

その時、声が響いた。

ドガガガガガガガ!!

魔法が飛来し、アイシャにとどめを刺そうとしていた怪物の体に着弾した。

『ヴォォオオ……？』

まるでダメージを負った様子のない怪物が、魔法の飛んできた方を見る。

そこには右手を怪物に向けたヴォルグと騎士たちの姿があった。

「どう……して……」

とっくに逃げたものだと思っていた。

戦闘を担当する自分がなす術もなく怪物に蹂躙されたのを見れば、一刻も早くこの場を離れるのが皇子の命のために最善の策であると誰だってわかるだろう。

だから自分はもう見捨てられたものだと思っていた。

「馬鹿皇子……逃げろ……」

アイシャが皇子に警告する。

だが、ヴォルグは震える声で騎士たちに命令する。

「あ、あの怪物を仕留めろ……！」

「危険です、ヴォルグ様！」

「早くこの場を離れましょう……！」

「あの化け物を我々の力だけで仕留めるのは無理です……！」

「うるさい……！　俺の命令が聞けないのか……！　すぐにあの化け物を仕留めろ……！　女を援護するのだ……！」

「「……っ」」

撤退を忠告する騎士たちは、ヴォルグの命令に逆らえず、この場にとどまらざるを得なくなる。

「や、めろ……お前らじゃ無理だ……に、げろ……」

アイシャの警告の声は届かない。

「「「うおおおお」」」

「「「怪物を仕留めろぉおおお」」」

ヴォルグの命令に、騎士たちが剣を抜き、化け物に突撃していく。

『ヴォォオオオオ……』

怪物は低い唸り声を漏らし、アイシャにとどめを刺すのをやめ、突撃してくる何人もの騎士たちの方へ体を向けた。

アイシャはその怪物の口元が、まるで愉悦を感じているかのように歪むのを確かに見た。

◇　◇　◇

「向こうはこちらの存在には気づいているか？」

「いえ……潜伏魔法を使用しているので気づかれることはないでしょう」

「よし……それではこのままゆっくり尾行をしようか……」

キースは気配を殺し、盗賊ギルドから援軍として借りてきた腕の立つ盗賊たちとともに魔の森の中をゆっくりと進んでいた。

キースたち一行の前方には、数名の影があった。

第七皇子ルクスと、数名の従者たちだ。

ずっと魔の森の入り口に潜伏をしていたキースと盗賊たちは、ルクスが魔の森へ入っていくのに合わせて行動を開始した。

盗賊たちの潜伏魔法で気配を完全に隠し、気づかれることなくルクスを尾行する。

「ククク……いいぞ……すべては順調に進んでいる。こういうのは馬鹿みたいに正面から動くのではなく賢くやるのが一番効果的なんだ……」

キースの口元に黒い笑みが浮かぶ。

「キース様……？　尾行をして一体何をするのですか？　我々は例の〝黒いモンスター〟と戦うの

で？」

側近の男が、声を潜めてキースに聞いてくる。

キースが側近の言葉に首を横に振った。

「まさか……そんな面倒なことをする必要はない」

キースは漏れることを恐れてギリギリまで隠していた作戦を明かす。

「俺たちはただヴォルグやルクスが馬鹿みたいに〝黒いモンスター〟を発見し、戦って両者とも弱るのを待てばいい。時がくれば……俺たちは一気に攻勢を仕掛け、弱りきった〝黒いモンスター〟を簡単に仕留められる。手柄はすべて俺のものだ」

「なるほど……漁夫の利を得ようというのですね。しかし……ルクス様やヴォルグ様はどうするので？」

「決まってるだろ」

キースが迷いない声で言った。

「殺して口を封じるんだ」

「……!?」

驚きに目を見開く側近にキースはドス黒い笑みを浮かべながら言った。

「皇帝には〝黒いモンスター〟との戦闘で死んだということにすればいい。そうすればすべてが丸く収まる。魔の森の中にすべてを目撃する者はいない。俺たちを除いてな」

◇　◇　◇

「「「うおおおおおお」」」

騎士たちが怪物に向かって突進していく。

彼ら一人一人が、ヴォルグの命を確実に守るために選ばれた腕の立つ騎士たちだ。

たとえトロールやドラゴンのようなモンスターと対峙したとしても、それは十分な戦力だっただろう。

「流石に勝てるよな……？」

だからヴォルグも最初こそ希望を胸に宿していた。

アイシャが怪物になす術なく蹂躙されるのを見てヴォルグの頭の中には二つの可能性が浮かび上がった。

アイシャが弱いから追い詰められているのか。

それとも怪物の方が強すぎるのか。

戦闘に関してはそれほど得意とは言えないヴォルグには判断がつかなかったが、それでもその怪物の動きが今まで見てきたモンスターとは一線を画していることだけは理解できた。

しかし、そうであってもヴォルグは流石に騎士たち全員を使えば、その怪物を討伐できると考えた。

ここで逃げてはせっかく見つけたモンスターを他の皇子に討伐させる隙を与えてしまうかもしれない。

だから自らの護衛の騎士たちを動員してでもこの怪物を仕留める。

ヴォルグは賭けに出たのだ。

そして数秒後、自らの選択がどこまで愚かだったのかを思い知らされることになる。

「ぎゃぁああああああ⁉」

「うわぁあああああああああ」

「げぇえええええええ⁉」

選りすぐりの騎士たちが、今まで数々の戦場で武勲を立ててきた腕の立つ男たちが、怪物の前に簡単に引き裂かれていく。

怪物の一撃の前に、騎士たちの身を固めている防具などまるで意味もなく、薄紙のように引き裂かれ、騎士たちは肉体を切断される。

腕が飛び、足が切れ、血飛沫《しぶき》が上がる。

数々の絶叫がこだまするとともに、騎士たちが一人、また一人と死んでいく。

それは戦闘ですらなかった。

一方的な蹂躙。

騎士たちは、〝黒いモンスター〟の前に、一矢報いることすらできずに命を散らしていく。

「なんで……こんな……お前ら……何してんだよ……」

ヴォルグは自らの護衛騎士たちが死んでいくのをただ眺めていることしかできなかった。

咄嗟にアイシャを仰ぐ。

このために雇った女冒険者は、血を流し、地面に倒れていた。

ダラダラとヴォルグは汗を流す。

取り返しのつかない選択をしてしまった後悔がヴォルグを襲った。

もしあの時逃げる選択をしていたら、もしかしたら生き延びられる可能性があったかもしれないのに。

『ヴォォオオ……』

悲鳴がぴたりと止まった。

ヴォルグは恐る恐る前方を見た。

「あ……」

掠れた声が漏れた。

立っている騎士は一人もいなかった。

全員が、体をバラバラに切断されて、血溜まりの中に沈んでいた。

〝黒いモンスター〟は、全身を血の色に染め、ゆっくりとヴォルグに近づいてくる。

皇帝を前にした時の何倍もの威圧が、ヴォルグにのしかかる。

体がこわばり、一歩も動くことができない。

「逃げて……ください……ヴォルグ……様……」

まだ息のある騎士が、消える寸前の命を燃やして、ヴォルグに逃げるよう懇願する。

だが、ヴォルグの足は動かなかった。

恐怖で全身が硬直し、指先一つ動かない。

『ヴォォオオオオ……』

怪物がとうとうヴォルグの目の前までやってきた。

赤く光る瞳がヴォルグを見下ろしている。

「……っ」

ヴォルグは自らを奮い立たせるように、思いっきり拳を握った。

爪が肉に食い込み、その痛みで束の間、恐怖を忘れる。

剣を抜き放ち、怪物に対峙する。

「お逃げ……ください……あなたでは……勝てない……」

死ぬ寸前の騎士がヴォルグにそう言う。

だがヴォルグは無理やりその口元に笑みを浮かべて言った。

「に、逃げるかよ……部下のお前らを置いて……俺は次期皇帝になる男だぞ……敵前逃亡なんてできるわけないだろうが……」

どのみち部下を見捨てて怪物の前から逃げたとなれば、ヴォルグの信用も地に落ち、皇族内での地位も落ちるだろう。

そうなれば皇帝になる道は閉ざされる。

であれば、最後まで武器を手にして勇敢に戦って死んだ方がマシだ。

そんな考えのもと、ヴォルグは武器を手にして怪物と対峙した。

怪物はまるで地面を這っている虫でも見るような目でヴォルグを見下ろしていた。

徐《おもむろ》にその巨腕がヴォルグの頭上に上がる。

それが自らに落ちてきた時が、命の終わりだとヴォルグは悟った。

「うおおおおおおおおおお」

覇気の声を上げ、せめて一撃でもその怪物に叩き込むべく向かっていく。

次の瞬間……

ドガァアアアアアアアアアン‼

「……⁉」

『ヴォォオオオオオオオオオ⁉』

凄まじい爆発が起こった。

怪物が悲鳴を上げて後ずさる。

どこからか飛来した魔法がヴォルグを殺す寸前だった怪物に着弾したのだと遅れて気づいた。

ヴォルグは辺りを見渡す。

「大丈夫ですか、兄さん」

「ルクス……⁉」

ヴォルグは目を見開いた。

自分が馬鹿にして蔑んでいた第七皇子が、そこに立っていた。

◇　◇　◇

「ルクス様……!?」

「待ってください……！」

「お前たちはそこで待機でいい……！」

「「……！　りょ、了解しました……！」」

悲鳴のした方向へ向けて俺は走る。

従者を連れていく時間はなかった。

待機を命じて、魔の森の中を疾駆する。

悲鳴は断続的に聞こえてきていた。

誰かが何かと戦っている。

魔の森の奥から、森全体に響き渡るような咆哮と地鳴りのような振動が伝わってきていた。

誰が戦っている……？　他の皇子か……？　相手は〝黒いモンスター〟なのか……？

走りながら体の中で魔力を練り上げる。

隣国の王子に教わったやり方で、身体能力を底上げする。

走る速度が上がる。

左右で、森の景色が圧倒的な速度で後ろへと流れていく。

『ヴォォオオオオ……！』

気配が間近に近づいてきた。

俺は前方を仰ぐ。

驚きに目を見開く。

「なん、だ……あれは……⁉」

見たこともないような怪物が前方で暴れ狂っていた。

その怪物が件の〝黒いモンスター〟なのだと一目でわかった。

その見たこともないような怪物は全身が黒い血管で覆われていた。

これまで見たどのモンスターとも違う、異質な存在感が伝わってくる。

その動きと肥大した筋肉から、圧倒的な膂力が一目見てわかった。

〝黒いモンスター〟は、何名もの騎士たちと戦っているようだった。

騎士たちの動きから、彼らが手練《てだ》れであることがわかる。

「兄さん……」

近くに俺はヴォルグの姿を見た。

どうやらヴォルグが先に〝黒いモンスター〟を発見し、騎士たちを戦わせているらしい。

だが、それはあまりに無茶な試みと言えた。

騎士たちは、〝黒いモンスター〟に対してまるで歯が立たず、一方的に蹂躙されていた。

〝黒いモンスター〟は、騎士たちの体を防具ごと引き裂き、一撃の下に薙ぎ倒していた。

騎士たちはまるで雑魚のように蹴散らされ、血溜まりの中に沈んでいく。

俺の魔法の射程に入る前に、怪物はすべての騎士を蹂躙し終えていた。

見たこともないような速さだった。

怪物はそのまま、ヴォルグへと近づく。

逃げるかと思ったヴォルグが剣を抜いた。

勇敢だが……しかし勝ち目はゼロに等しいだろう。

「うおおおおおおお」

ヴォルグが怪物に対し決死の攻撃を仕掛ける。

怪物の攻撃が、ヴォルグの頭上に迫る。

「入った……！」

俺はようやく怪物が自分の魔法の射程内に入ったことを確信した。

ヴォルグの頭蓋に怪物の一撃が迫る寸前で……魔法を発動する。

ドガァアアアアアアアアン!!

『ヴォオオオオオ!?』

魔法が飛び、怪物に着弾した。

その巨体がよろめく。

ヴォルグがこちらを見た。

「ルクス……？」

その目が驚きに見開かれる。

「大丈夫ですか、兄さん」

俺は急いでヴォルグに駆け寄って、無理やり立ち上がらせる。

「離れていてください。こいつは僕がやります」

「や、やめろ……こいつは危険だ……お前じゃ無理だ……」

「いいから。死にたくないんだったら離れてください！」

「……!?」

もはや立場などを気にしている場合ではなかった。

俺は至近距離で怒鳴り声を上げてヴォルグをその場から離れさせる。

『ヴォォオオオオオ……』

怪物がもくもくとその体から煙を上げながら、体勢を立て直す。

「硬いな……」

俺の魔法を受けても、怪物はダメージを受けた様子はなかった。

その肉体は焼けこげているが、致命傷という程ではない。

目の前の怪物は今まで対峙したどんな人間、モンスターよりも強い。

一瞬でそう理解した俺は、出し惜しみなく全力で怪物に対処する。

魔力を全身に巡らし、身体能力を極限まで強化する。

剣を抜き放ち、魔力を流し込んで強化する。

それと同時に防御、攻撃の魔法をすぐに発動できるように魔力を練り上げる。

『ヴォォオオオオ!!』

怪物が吠え、向かってくる。

血に濡れた爪が、牙が、俺を引き裂こうと迫ってくる。

「こい……!」

俺はかつてない強敵を全力で迎え撃つ。

◇　◇　◇

「始まったか……!」

魔の森の奥から聞こえてきた悲鳴は、キースの耳にも届いていた。

周りの盗賊たちや側近が反応する。

「待て、動くな」

キースは彼らにまだ身を潜めておくように指示を出す。

前方でルクスが悲鳴が聞こえてきた方向へ向かって走り出した。

それを見てキースの口元が歪む。

「いいのですか？　いかせても」

側近がキースに聞いてきた。

キースは頷いた。

「構わない」

「ですが……急がなければ〝黒いモンスター〟を倒されてしまうのでは？」

「そこまで雑魚じゃないさ。ルクスの実力は確かに俺も認めているが、今回の討伐対象はそこまでやわじゃない。いくらルクスであっても倒すのに手間取るはずだ。いや、もしかすると負けるかもしれない。とにかく俺たちは、怪物とルクスがギリギリまで削り合うのを待たなくてはならない」

「はっ」

「気配を消したまま現場に向かう。そして戦闘が終わるまでは待機だ。ルクスが勝つにせよ怪物が勝つにせよ……戦闘が終わった時には虫の息になっているだろう」

「了解です」

側近が頷き、周囲の盗賊たちに指示を飛ばす。

キースとその一行は、ルクスが走っていった方向へ向かって気配を殺したまま慎重に進んでいく。

「もうすぐ……もうすぐだ……」

キースは黒い笑みを浮かべる。

キースはその時を待っていた。

怪物とルクス。

両者が弱り切る時を。

漁夫の利を得られる絶好の時を。
魔の森に人の目はない。
ルクスと怪物、どちらが勝つにしても最終的に怪物討伐の栄誉を得るのは自分だ。
キースはそう確信し、笑みを漏らさずにはいられない。
「待ち遠しいなぁ……皇帝からダモクレスの剣を賜るその時が……」
キースは腰の剣のつかを、ダモクレスの剣のそれに見立てて握り、くつくつと笑った。

第十話　共闘

怪物の攻撃は、そのすべてが恐ろしい程に速く、鋭く、強烈だった。

『ヴォガアアアアアアアア‼』

周囲の空気を蹂躙する咆哮とともに、破壊的な膂力により繰り出される攻撃が、幾重にも重なって俺に襲いかかる。

ギギギギギン！

バァン‼　バァアアアアアン‼

「……っ」

俺はそれらを、魔力によって強化した武器と、魔法によって展開した防御でなんとか防ぐ。

『ヴォガァアアアアア！』

怪物の攻撃は、今まで対峙したどんな人間やモンスターよりも速かった。

最大限に身体能力を強化することで、俺はなんとかその動きについていく。

ドガガガガガガガ‼

魔の森の中で暴風雨のように怪物は暴れ狂う。

周辺の木々がまるで小枝のようにへし折られ、轟音が響き渡る。

怪物に疲れは見えない。

それどころか時間とともにどんどん膂力を上げているように見えた。

なんだ……何がこの化け物を突き動かしているんだ……

今までにこのようなモンスターは見たことがなかった。

怒り狂ったモンスターは暴れ狂い瞬間的に凄まじい力を発揮することはあるが、すぐに力尽きる。

だが目の前の怪物に疲れのようなものは全く見えなかった。

この怪物は他のモンスターとは違う。

〝別の理《ことわり》〟で動いている。

この怪物の中に潜む〝何か〟に動かされている。

この怪物はあくまで〝器〟にすぎない。

そんな感覚を俺は抱いていた。

『ヴォガァアアアアアア‼』

「ぉおおおおお‼」

魔力を流した武器で怪物の攻撃を捌き切る。

バァン！

ドガァアアアン！

魔力爆発が立て続けに起こり、怪物の体にダメージを刻んでいく。

『ヴォォオオオオオ‼』

怪物が苦しげに体を振り回す。

一応痛覚のようなものは存在しているらしい。

魔力爆発を至近距離で何度も喰らい、その黒い巨体は確実に消耗していた。

あちこちが焼け爛れ、ところどころ筋肉がちぎれ飛んでいる。

黒色の血があちこちから流れ、だんだんと動きも鈍ってきていた。

『ヴォォオオオオ……！』

怪物が吠えた。

全身の黒い血管がさらに浮き上がり、筋肉が肥大化する。

しかしその肉体強化は、確実に怪物の命の犠牲の上に成り立っているものだった。

自分の中に巣食っている何かに命令されるように、命を消費し、怪物は肉体を極限まで強化する。

『ヴォガァァァァァァァァ！』

怪物が地面を蹴って突進してきた。

『ヴォガァアアアアア！』

「魔壁！　三重奏‼」

俺は自身の前方に魔力の障壁を三重に展開する。

ドガァアアアアアアン‼

怪物が魔壁と衝突した。

パリィイイイイイン‼

破砕音。

第一の障壁が突破される。

パリィイイイン!!

続けざまに破砕音。

第二の障壁が突破される。

『ヴォガァアアアア!!』

怪物が苦しげに呻き声を上げる。

その肉体が、生命がとっくに限界を迎えているのに、それでもなお突進してくる。

パリィイイイン!!

とうとう第三の障壁が壊れた。

三重に展開した魔法障壁を完全に破壊されたのはこれが初めてだった。

『ガァアアアアアアア!!』

すべての魔法障壁を破壊した怪物が、息も絶え絶えになりながら、その巨腕を振り上げた。

「突破力は認めよう。だが……もう遅い」

しかし、時すでに遅しだ。

三つの魔法障壁が破壊される間に、俺はすでに魔法を完成させていた。

この怪物を確実に仕留められる程に魔力を練り込んだ、渾身の一撃だ。

「魔弾」

多量の魔力を凝縮した魔力の塊が怪物の胸部を貫いた。

『ガァ……ァアア……？』

怪物が自らの胸を仰ぐ。

メキ……メキメキメキメキ……

分厚い筋肉に覆われたその胸部が、膨らんだ。

そして次の瞬間、内部からの暴発の威力に耐えられず、破裂した。

『ォオオ……ォオオオオオオ……』

内臓が周囲に飛び散る。

体内で起こった魔力爆発により、上半身の半分以上を吹き飛ばされた怪物が、低い鳴き声とともに地面に倒れ伏す。

目から光が消え、すべての命を燃やし切ったように少しも動かなくなる。

「ふぅ……」

俺は勝利の余韻に浸りながら、自分の体にかかった怪物の内臓の切れ端を払い落とした。

「ルクス……？」

俺の名前を呼ぶ声が背後でした。

「兄さん？　そっちは大丈夫ですか？」

離れたところで木陰に隠れていたヴォルグが俺に近づいてくる。

その顔には信じられないといった表情が浮かんでいた。

「か、勝ったのか……？」

「ええ」

すべてを見ていたであろうに、ヴォルグが確認するように聞いてきた。

俺は心ここに在らずといったヴォルグに頷きを返す。

「これを……お前が、倒したのか……？」

ヴォルグが再度、地面に転がる怪物の死体を見下ろしながら言った。

「ええ、そうです。見ていた通りです」

「……はは……ははは」

ヴォルグが乾いた笑いを漏らした。

「な、何者なんだよお前……俺の部下が……選りすぐりの連中が歯も立たなかったこの化け物を……なんでお前が……」

「兄さん？　大丈夫ですか？」

「……俺は夢を見ているのかもしれねぇ」

どうやらヴォルグは少しおかしくなってしまったようだ。

化け物の恐怖による精神的ショックが大きいのかもしれない。

俺はヴォルグを一旦放っておいて周囲を見渡した。

酷いものだった。

バラバラになって転がった騎士はもうほとんど息をしていなかった。

全員が怪物の攻撃により死んでいる。

「うう……ぐぅうう……」

呻き声が聞こえた。

遠くに転がっている女だけが、俺とヴォルグを除いた唯一の生存者のようだった。

俺はその女の元へと駆け寄る。

「大丈夫か？　名前は？」

「あ、アイシャだ……あいつに雇われた……冒険者だ……」

「そうか……」

アイシャは怪我をしているが、まだ生きていた。

治療をすれば助かるだろう。

俺は彼女を抱き抱えて、ヴォルグの元へ戻ろうとする。

その時だった。

「いやあ、素晴らしいよ、ルクス。まさかお前がここまで強いとは思わなかった。正直恐れ入ったね」

「……？」

小馬鹿にしたような不快な声が響いた。

木陰から、ニヤニヤと笑みを浮かべながら第四皇子のキースが現れた。

「キース……どうしてここに？」

ニヤニヤと笑みを浮かべたキースを俺は油断することなく見据える。

キースはいつもと身に纏う雰囲気が違った。

いつも他の皇子の前で見せている自信なさげな態度はどこかへ消え、今はダストのような傲慢さをあらわにしている。

まるで獲物を見るように俺と、背後のヴォルグを交互に見たキースが口を開いた。

「ずっとお前をつけていたのさ、ルクス。魔の森の入り口からずっとな」

「……尾行？　なんのために？」

「決まってるだろう。お前らを罠に嵌めるためさ」

キースがクックッと笑う。

その口調や態度は、普段のキースからは考えられないようは狡猾さを窺わせた。

どうやらこっちの方が本性だったらしい。

キースが何かよからぬことを企んでいるのは一目瞭然だった。

「何をするつもりだ？」

「ルクス。俺からお前にお礼を言っておこう。化け物の討伐、ご苦労様。大義であったぞ」

「……？　何が言いたい」

「だが、その手柄は俺が貰い受ける。お前は〝黒いモンスター〟との戦闘で死傷し、帝城へは帰らない。〝黒いモンスター〟討伐の手柄は俺のものだ。ダモクレスの剣を皇帝から授かるのはお前や兄さんではなく俺なのだ」

「……なるほど。最初からそれが狙いか」

キースの作戦がようやくわかった。

どうやらキースは初めから自分で〝黒いモンスター〟を討伐するつもりはなかったらしい。

俺や、あるいは他の皇子が〝黒いモンスター〟を倒すのを待ち、手柄を横取りするつもりだったようだ。

まさかみんなに弱々しいと思われていたキースがそんな作戦を決行するとは思わなかった。

普段のあの態度は、きっと本性を隠すための偽物の顔だったのだろう。

「おい、キース……それがお前の本性かよ……」

ヴォルグが俺の横に並び、キースを睨む。

キースがそんなヴォルグを見てせせら笑う。

「そうですよ、兄さん。見事に騙されてくれましたね」

「俺やルクスを殺すつもりか？」

「もちろんです。お前たち二人にはこの森で消えてもらう。そのための人員も集めた」

キースが背後の茂みに向かって合図をした。

黒ずくめの男たちが姿を現す。

どうやらこの時を待ち、ずっと気配を隠していたようだ。

これだけ距離が近くても気づけなかったということは、何かの魔法を使用したのだろう。

「やりやがったな、キース……」

ヴォルグが悔しげに周囲を見渡す。

キースの雇った男たちは、俺たちを囲むような配置をとっていた。

俺はヴォルグに言った。

「兄さん、提案があります」

「なんだ？」

「共闘しませんか、今だけは」

「……よし、乗った」

「ありがとうございます」

「はっ……二人でこの数を相手に何ができる⁉　ルクス……いくらお前が強いとはいえ〝黒いモンスター〟との戦闘で消耗した直後では勝ち目などない……！　ここで死ぬがいい……！」

キースが俺とヴォルグを指さして言った。

「お前ら、第四皇子キース・エルドの名の下に命ずる……！　第三皇子ヴォルグと第七皇子ルクスを殺せ……‼」

「「……！」」

キースの命令とともに男たちが一斉に襲いかかってきた。

「すまない……」

「大丈夫だ……あたしには構わなくていい……」

俺は抱えていたアイシャを地面に下ろし、武器を抜く。

「やってやるぜ……！　あの化け物に比べたら屁でもねぇ……！」

ヴォルグも武器を抜き、俺たちは背中合わせになる。

一時的にヴォルグと結んだ共闘関係。

ヴォルグもこの状況では俺と手を組む以外にないだろう。

俺は背後はヴォルグに任せて、正面から向かってくる敵に対応する。

「ははは……！　終わりだな、ヴォルグ。ルクス……！　お前らはここで死に、俺が皇帝になる……！　せめて勇敢に戦って死んだと皇帝には伝えてやるよ……！」

キースはすでに勝ちを確信したのか高笑いしている。

だがキースは見誤っている。

俺が比較的短期決戦で〝黒いモンスター〟を仕留めたため、まだまだ魔力に余裕があることを。

そしてほとんど戦闘に参加していないヴォルグは、いまだ万全の状態であることを。

「「「皇子を殺せぇえええ」」」

「「「うおおおおお」」」

俺は向かってくる男たちの動きを見据える。

キースの雇った男たちは、数こそ多いもののそこまで戦闘力があるようには見えなかった。

彼らはおそらく盗賊ギルドに所属する盗賊たちだろう。

盗賊は、身を隠したり、隙をついての攻撃には長けている戦闘職だ。

だがこのような正面からの戦闘となると、大した脅威ではない。

「戦闘後で消耗した僕なら盗賊でも仕留められると思ったんですか、兄さん。あんまり舐めないで欲しいです」

俺は魔力によって身体能力を強化した。

そして向かってくる男たちに躍りかかった。

俺の動きに反応できた者はいなかった。

全員が、自分が何をされたのかもわからず、意識を失って地面に転がった。

殺してはいない。

戦闘不能状態にするだけで十分だった。

「な……」

キースが口を開けて俺を凝視する。

「おらぁ！　こんなもんかぁ……！」

背後ではヴォルグが剣を振り回し、暴れていた。

何人もの盗賊を同時に相手どって、苦戦しているようだった。

「魔弾・五重奏」

俺は威力を抑えた魔法を、盗賊たちに向かって放つ。

バァン！

ドガァアアアン！

「「うぎゃあああああああ!?」」

盗賊たちが吹き飛んでいく。

威力を抑えたので死んではいないが、ほとんどが地面に叩きつけられた衝撃で意識を失った。

かろうじて意識を保った者も、呻き声を上げて這いつくばっている。

「助かったぜ、ルクス……はぁ、はぁ……」

息を切らしているヴォルグが礼を言ってくる。

俺はヴォルグに頷きを返し、それから唖然としているキースに向き直った。

「手下はこれだけか？」

「……っ⁉」

「もっと強い奴を連れてくるべきでしたね。この程度で僕を殺せると思ったら大間違いです」

「ば、化け物っ⁉」

キースが叫んで後ずさった。

先程までの勝ちを確信したような笑みはすっかり剥がれ落ち、狼狽し、その声は震えていた。

「おい、キース？　てめぇ、覚悟はできてんだろうな？」

ヴォルグが睨みを利かせながらキースに詰め寄る。

「お前は俺らを殺そうとしたんだ。だったら、同じ目に遭っても文句はねぇよなぁ⁉」

「ひぃいいいい⁉」

「兄さん？」

俺は無防備なキースに剣を振り下ろそうとするヴォルグを止めようとする。

だが、ヴォルグはキースを殺さなかった。

その剣の腹でこめかみを思いっきり殴った。

「あぐっ⁉」

キースが吹っ飛び、木に叩きつけられた。

そのまま白目を剥いて気絶する。

「殺されなかっただけ感謝しやがれ」

ぺっとヴォルグが唾を吐いた。

「ふぅ……」

俺はほっと安堵の息を吐いた。

いくらキースが俺たちを殺そうとしてきたとはいえ、流石に皇子が皇子を直接手にかけたら大問題だ。

俺は剣を腰に収め、ヴォルグと向き合う。

ヴォルグがため息を吐いて言った。

「ったく……ずっと蔑んでいたお前に助けられちまったな、今回は……」

「兄さん、〝黒いモンスター〟討伐の手柄は……」

「わかってる。お前のものだ。二度も命を救われたわけだしな……俺の護衛は死んじまって残ったのは瀕死の女冒険者一人。流石に今から手柄欲しさにお前と事を構えようとする程俺も馬鹿じゃねぇよ」

「懸命な判断だと思います」

「けっ、生意気な奴だ……いつか引き摺り下ろしてやるからな……」

「望むところです」

「ま、お前のことは今はいい。問題はこいつだ。まさかキースがここまで姑息な奴だとは思わなかったぜ」

ヴォルグが気絶しているキースを足蹴《あしげ》にしながら言った。

「こいつをどうする？　このまま放っておくか？」

「それは流石にまずいでしょう。せめて森の外に連れ出しましょう」

「助けるのか？　こいつは俺たちを殺そうとしたんだぜ？」

「どのみちキースはもう終わりです。本性がバレて、作戦も僕たちが挫《くじ》いたわけですから。すべてを皇帝の前に明らかにすれば然るべき裁きが降るでしょう」

「それもそうだな……こいつは皇帝の命に背いて自分の益を優先したわけだからな」

俺はヴォルグとともに、キースとアイシャを背負って、待機していた従者と合流し、魔の森を出た。

アイシャはその後、治療を受けて一命を取り留めた。

生還した俺とヴォルグは、皇帝に〝黒いモンスター〟を俺が討伐したこと、そして手柄を横取りしようとしたキースの陰謀についてすべてを喋った。

皇帝の命令により、レッドラバーという盗賊ギルドがキースに協力したことが調べ上げられ、俺とヴォルグの言葉が真実であることが知らしめられた。

キースは自らの利益を優先し、皇帝の命令に背いたことで左遷という裁きを下された。

キースは親子ともども帝都を追放され、辺境の地へ飛ばされた。

これでキースは次期皇帝の座を巡る権力闘争からはほとんど脱落した形となった。

一方で〝黒いモンスター〟討伐の任務を達成した俺は、皇帝よりダモクレスの剣を授かり、俺のためにパレードが行われた。

帝都を滅ぼす可能性もあった脅威を未然に防いだ英雄として、俺は帝国民から歓迎を受けた。

今回の功績により、俺について広められていた悪い噂はすべて払拭されたのだった。

◇　◇　◇

帝都の隅、忘れ去られた貧民街の一角で、ローブを身に纏った男たちが会話をしている。

ローブの袖からのぞく肌は紫色に染まっており、声は低くしゃがれていた。

「どうだった……？　実験の成果は？」

「大成功だ……我々は新たな力を手にしたのだ……」

「〝あれ〟はどうなった？」

「倒された……何者かの手によって……」

「なんだと……？　一体誰が……」

「案ずることはない……たった一匹倒されただけのことだ……その気になれば、〝あれ〟と同程度のものを何匹でも作り出せる……」

「それらを使って帝都を襲えば……？」

「ああ……今度こそ、そうなる予定だ」

「ククク……楽しみだ……人間どもが逃げ惑う姿を目にするのが……」

「もうすぐ……もうすぐだ……実験は最終段階に達し、舞台が整いつつある……」

「すべては〝あの方《かた》〟のために……復活の時は近い……」

紫色の肌の男たちの不気味な笑い声が、人気《ひとけ》のない貧民街に響き渡った。

異世界召喚されて捨てられた
僕が邪神であることを誰も知らない……たぶん。
著 レオナール D
平凡少年の正体は…伝説の邪神
刃向かうバカは全員しばく!

異世界召喚されて捨てられた
僕が邪神であることを誰も知らない……たぶん。
レオナール D
平凡少年の正体は…伝説の邪神
刃向かうバカは全員しばく!

巨人、ドラゴン、吸血鬼…どんなモンスターも借金よりは怖くない?

多額の借金を背負ってしまった過疎配信者の基樹《もとき》とその妹の紗哩《シャーリー》は、最高難度のダンジョンにて最期の配信をしようとしていた。そこで偶然出会った瀕死の少女は、なんと人気配信者の針山美詩歌《はりやまみしか》だった! 美詩歌の命を心配するファンたちが基樹たちの配信に大量に流れ込み、応援のコメントを送り続ける。みんなの声援(と共に送られてくる高額な投げ銭)が力となって、美詩歌をダンジョンから救出することを心に決めた基樹たちは、難攻不落のダンジョンに挑んでいく——

◉定価:1430円(10%税込)　◉ISBN 978-4-434-35009-2　◉Illustration:いちよん

追放された最強令嬢は、
新たな人生を
自由に生きる
Tohno
灯乃
捨てられ人生？
望むところです

この作品に対する皆様のご意見・ご感想をお待ちしております。

おハガキ・お手紙は以下の宛先にお送りください。

【宛先】

〒150-6019 東京都渋谷区恵比寿 4-20-3 恵比寿ｶﾞｰﾃﾞﾝﾌﾟﾚｲｽﾀﾜｰ 19F
（株）アルファポリス　書籍感想係

メールフォームでのご意見・ご感想は右のＱＲコードから、
あるいは以下のワードで検索をかけてください。
アルファポリス　書籍の感想　検索
ご感想はこちらから

本書は Web サイト「アルファポリス」（https://www.alphapolis.co.jp/）に投稿されたものを、改題・改稿のうえ、書籍化したものです。

冷遇《れいぐう》された第七皇子《だいななおうじ》はいずれぎゃふんと言《い》わせたい！２
赤《あか》ちゃんの頃《ころ》から努力《どりょく》していたらいつの間《ま》にか
世界最強《せかいさいきょう》の魔法使《まほうつか》いになっていました

taki210（たきにーと）

2024年 12月30日初版発行

編集－小島正寛・芦田尚
編集長－太田鉄平
発行者－梶本雄介
発行所－株式会社アルファポリス
〒150-6019 東京都渋谷区恵比寿4-20-3 恵比寿ｶﾞｰﾃﾞﾝﾌﾟﾚｲｽﾀﾜｰ19F
TEL 03-6277-1601（営業） 03-6277-1602（編集）
URL https://www.alphapolis.co.jp/
発売元－株式会社星雲社（共同出版社・流通責任出版社）
〒112-0005 東京都文京区水道1-3-30
TEL 03-3868-3275
装丁・本文イラスト－桧野ひなこ
装丁デザイン－AFTERGLOW
印刷－中央精版印刷株式会社

価格はカバーに表示されてあります。

落丁乱丁の場合はアルファポリスまでご連絡ください。

送料は小社負担でお取り替えします。

ISBN 978-4-434-35023-8 C0093